「先延ばし」する人ほどうまくいく

「大事なことほど後回し」の隠れた効用

SOON

An Overdue History of Procrastination, from Leonardo and Darwin to You and Me

by Andrew Santella

原書房

「先延ばし」する人ほどうまくいく

「大事なことほど後回し」の隠れた効用

SOON

by

Andrew Santella

義務なんて、どうだっていいじゃないか。

――ジョン・ベリマン
『夢の歌』82：遺作No.5

目次

謝辞

先延ばし人間の私は、以下の方々にもっと早く謝意を表わすべきだった。

旧友にしていつも励ましてくれるマイケル・ヘイニーならびにドクター・ジョン・ダフィー、ぶれることのない編集者ジム・ウィンターズ、才気あふれるジェニファー・イーガン、眼識のあるマイケル・シチリアーノならびにエイダ・ブランスタイン、そして、正しい方向を示してくれたヒュー・イーガン。

ジョー・フェラーリ、ティモシー・ピッチェル、ローラ・ラビン、マーク・ホワイトは、貴重な時間を割いて、先延ばしを学術的観点から伝授してくれた（誤りがあるとすれば、それはひとえに私の責任である）。ダウン・ハウスを案内してくれたローワン・ブレイク、歓待してくれたリヒテンベルク協会のデール・ライルズ、そして、ニューオーリンズのアントニー・リゴリ神父。

1章　ダーウィンのフジツボ

父は（中略）私に牧師になってはどうかと勧めた。当然のことながら父は私が怠惰な狩猟きちがいになることに強く反対していた。当時、私はそんなものになりそうに見えたのである。私はしばらく考えさせてほしいとたのんだ。

――チャールズ・ダーウィン
『ダーウィン自伝』（八杉龍一・江上生子訳／ちくま学芸文庫／二〇〇〇年刊）より

私はなんでも先延ばしにしてしまう人間だが、本を書くなら――実際に書く気があるなら――どこかから始めなければならない。それならダーウィンの話から始めることにしよう。

チャールズ・ダーウィンは一八三七年の大半を、図を描いたり、メモを取ったり、スケッチしたり、ロンドン中どこにでも携えていった手帳に走り書きしたりして過ごした。ポケットサイズの革張り手帳は数冊に及んだが、いずれも日記帳のように金属の小さな鍵がついていた。

当時、ダーウィンはロンドンのグレート・モールバラ街に部屋を借りていたが、その近くにはアシニアム・クラブがあり、前途有望な文学者や科学者が集まってネオクラシックの彫像に囲まれて斬新な意見を交わしていた。ダーウィンはこのクラブの会員になったばかりだった。同じ頃に加入した会員にチャールズ・ディケンズがいる。二人はある時点で顔を合わせたと私は推測しているのだが――ディケンズとダーウィンは、いずれもチャールズだし――私が調べたかぎりでは、二人が会ったという記録は残っていない。それでも、二人が雑談を交わし、政府の無策ぶりやクラブの料理のまずさを嘆じ合ったところを想像するのは楽しい。

当時、ダーウィンは二八歳になったばかり、イギリス海軍の測量艦ビーグル号のほぼ五年におよぶ世界一周航海から帰国して間もない頃で、この航海によって学界で名を知られるようになっていた。著書の出版契約を結び、博物学者としての名声を博しつつあった。前途有望な独身男性として応じきれないほどの招待を受けてもいた。その一方で、長い航海中に目撃したことの研究に余念がなかった。ダーウィンが時間をかけて解明しようとした謎のひとつはこうだ。エクアドル本土から六〇〇マイル離れたガラパゴス諸島の複数の島で、ダーウィンは何十種ものモッキングバード（マネシツグミ）を目撃していた。島によってそれぞれ別の種の鳥がいたのである。距離的には近いのに、なぜこれほど多くの変種が存在するのか？ある島では尖ったクチバシのモッキングバードがいるのに、別の島のモッキングバードのクチバシは丸みを帯びていた。さらには、ほかの博物学者たちがイグアナやゾウガメに関して同様の変種を発見しており、島によって異なる種が存在することがわかっていた。

こうした問題をダーウィンは例の革張りの手帳に書き留めて、図や本人だけにわかる簡略表記、博物学者仲間と交わした会話の要約を書き加えていた。やがてその答えの概略も記すようになった。

「すべての種は変化する」。一八三八年夏には手帳にこう書いた。簡潔な短い一文だが、きわめて画期的な記述である。すでにこの時点でダーウィンは、私たちが知っている生物の分類が神の大いなる計画によって定められた不変のものではなく、継続的な変異の結果だと確信するに至った。同年九月には、この変化のメカニズムを手帳に記述している。環境がある種の突然変異に有利に働き、それ以外の変異種を消滅させるというのである。ダーウィンはこの選抜過程を「自然選択」と呼んだ。

従来のキリスト教の教えを根底から揺るがし、世界を変える考え方だった。しかし、世に広く知られたのは二〇年後である。ダーウィンは思想史の大きな飛躍を遂げたあと、不思議な行動をとったからだ。この問題を棚上げしたのである。自分の考えを発表するための措置をまったく講じなかった。学術雑誌に論文を送ることも、新聞に寄稿することも、本を書いて出版社を探すことすらしなかった。とにかく、その時点ではなにもしなかった。ごく少数の友人に自分の考えを打ち明けはしたが、「科学の少なからぬ進歩」と自任したこの新説の概要をまとめもしなかった。数冊の鍵つきの手帳とともにこの問題を封印したのである。自分の死後に公表するようにという指示を残して。

といっても、その間、ダーウィンは無為に過ごしていたわけではない。結婚し、子供を育てた。ロンドンを離れ、田舎に家を構えた。活発な著作活動も続けていた。サンゴ礁や火山島に関する著作のほか『ビーグル号航海の動物学』全五巻を上梓した。さらには、『ガーデナーズ・クロニクル』という雑誌に「世界を変える」には縁遠い内容の記事を寄稿している。果樹を苗木から育てる方法、釣瓶（つるべ）にワイヤーロープをつける利点といった内容だ。そして、一八四六年から五四年にかけてダーウィンが没頭していたのは、フジツボを解剖し記述することだった。

ダーウィンはこの時期をフジツボの研究に捧げた。彼は熱烈なフジツボ愛好家だった。フジツボに取り憑かれていたと言っても過言ではないだろう。朝から晩まで、特注のフジツボ専用の顕微鏡の上にかがみ込んで過ごし、アルコール漬けにしたフジツボの標本に囲まれながら、フジツボ界の謎と限りない多様性を解明しようとした。フジツボを「私の愛するフジツボたち」と呼んでいた。ダーウィンは「フジツボで頭がいっぱいだった」と友人のひとりは言っている。ダーウィンがフジツボの研究に大半の時間をかけるのを見て育った子供たちは、どこの父親もそういうものだと思い込んでいた。ダーウィンの幼い子供のひとりは、あるとき友人の家を訪ねて、こう訊いたそうだ。「君のパパはどこでフジツボの研究をやってるの？」

フジツボやその他のことで多忙だったために、ダーウィンが『種の起源』を出版したのは一八五九年になってからだ。二〇年以上前に手帳に初めて概要を記した理論を明確に打ち出したきわめて重要な著作であった。後年、老境にさしかかり名声を確立したダーウィンは、なぜ理論の構想から出版までこれほど時間がかかったのか自分でもわからないと告白している。〝長い待ち時間〟と称されたこともある。

なぜダーウィンは構想を公表するまでにこれほど長い時間を置いたのだろう？　なぜ科学史上不朽の進歩と確信していた理論を世界と分かち合うのを先に延ばしたのだろう？

この疑問は伝記作家や科学史家を悩ませ、理性的な人物――ダーウィンはきわめて優秀で多作な研究者だった――の不可解な行動に興味を持つ人々の関心の的となった。ダーウィンの先延ばしに関しては多くの解釈が提唱されてきた。第一は、著作の絶大な影響力である。ダーウィンはこの本が科学界に革命的な影響を及ぼすことを誰よりもよく知っており、その結果、それまで営んできた平穏な田舎暮らしを維持できなくなるのではないかと危惧していた。そう考えて決断がつかなかったのは想像に難くない。

　ダーウィンの生家は熱心なキリスト教徒であり、彼自身は信仰から離れたとはいえ、妻は信仰心が篤く（夫が永遠の魂を与えられるかどうか心配していた）、父は敬虔な信者だった。ダーウィンは敬愛する父を動揺させたくなかった。著書に明記したように、種の創造過程から神の手を取り去ることは、軽々に決断できる問題ではなかったのである。

　さらには、ダーウィンの完璧主義があった。優れた科学者の例にもれず、ダーウィンの研究方法は几帳面で徹底的であり、それはキャビネットにずらりと並べられたフジツボの標本を見れば歴然としていた。ダーウィンの理路整然とした考え方からすれば、二〇余年の遅れは生涯における最も重要な研究をできる限り完璧なものにしたいと願う科学者の適正な配慮として正当化されたのだろう。つまり、いつまで経っても行なうべき実験があり、参照すべき資料があったのだ。この画期的な本の出版に当たっても、不完全という指摘に対してあらかじめ釈明するかのように自著を「摘要」と称することを主張した。

　あるいは、ダーウィンは本の出版にわずらわされたくなかっただけだったのかもしれない。ロンドンから一五マイル離れたところにある彼の家ダウン・ハウスの居間にはピアノがあり、長い廊下の戸棚にはテニスラケットやハイキングブーツ、筆記帳のほか、イギリスのカントリーライフを満喫するのに必要なものが収められていた。ダウン・ハウスにはビリヤードルームがあり、庭がいくつもあった。「私の生活は時計のように規則正しく、人生を終わらせるであろう場所から離れることはありません」と、ダーウィンは友人に宛てた手紙に書いているが、そこからは日課を乱すことや、ましてや思想史を塗り替えることなどにまったく関心のない様子がうかがえる。ダーウィンはまさに「時計のように規則正しい」日々を送っていた。彼の一日は夜明け前の田舎道の散歩から始まり、昼食の前には愛犬を連れて庭を散歩した。その間には、おそらく最も重要な日課である仕事、大好きな研究があった。そして、いつもフジツボがあった。

　実際、ダーウィンが『種の起源』の出版を先延ばしした理由を調べていくと、その間ずっと忙しい生活を送っていたことがよくわかる。ダーウィンは決して無為に過ごしていたわけではなく、田舎で隠遁（いんとん）生活を送っていても、生涯最大の仕事を先延ばししていても、勤勉な研究を怠らなかった。怠惰は彼にとって忌むべきことだったようだ。常に熱心な研究対象が必要だったが、対象は何でもよかった。ミミズでも、フジツボでも、蘭でも。こうした研究を世界の運命がかかっているかのように夢中で続けたが、現実には、世間はダーウィンのフジツボに関心などなかった。後年、ダーウィン自身、フジツボ研究は少々やりすぎだったかもしれないと認めた。「（その仕事が）それほど多くの時間を費やすに値するものであったかどうか疑問にも思う」と自伝に書いている。ダーウィンは二〇年間、おそらく本人もしなければならないと自覚していたこと、すなわち、自然選択に関する世界を揺るがす著書の出版以外のことならなんでもしていたのである。この意味で、彼の伝記の大半はエネルギーの向け方を誤った物語として読めるだろう。

では、ダーウィンは多作な科学者にもかかわらず、先延ばし人間だったのだろうか？　この疑問に答えるには、先延ばしが怠惰とは違うことを頭に入れておくといいだろう。

だが、誰もがそう考えているわけではない。アルコール依存症克服のための自助会「アルコホーリクス・アノニマス（アルコール依存症患者更生会）」の創設者のひとり、ビル・ウィルソンは、procrastination（先延ばし）を「五音節もある怠惰」と呼んだ。この単語が長くて発音しにくいという点では、ウィルソンの言うとおりだ。「先へ」を意味するproと「明日」を意味するcrasという二つのラテン語がもとになっているprocrastinationは、覚えるだけでも時間がかかる。しかし、怠惰という点ではウィルソンの見解は誤っている。pro-crastinator（先延ばし人間）は、仕事をしていないときでも多忙をきわめている場合があるからだ。ダーウィンはなぜか発見した新しい理論について沈黙を守り続けたが、怠惰な人間と呼ぶことはできない。フジツボの研究に打ち込んでいたことを思い出してほしい。アメリカのユーモア作家、ロバート・ベンチリーが、「仕事の鬼」（*How to Get Things Done* ミステリマガジン、一九七四年三月二一五号、浅倉久志訳）と題したエッセイのなかで、先延ばしの基本原則に関して核心を突いた説明をしている。「人間は誰でも、どんな量の仕事でもこなせる。ただし、いますぐやるべきとされている仕事だけは別だ」

ベンチリーの原則は、革新的な影響力を及ぼした科学者だけでなく、誰にでも当てはまる。私のアパートメントはつねに清潔に保たれ、ファイルはきちんと整理され、冷蔵庫で使いかけの食材が腐りかけているなどという事態には決してならない。ただし、これは差し迫った締め切りに追われているときの話である。どうしてもしなければならないことがあると、私はそれ以外のことならなんでもするという強い意志の持ち主となる。

ダーウィンは傑出した才能と勤勉さと飽くなき探究心で後世に名を残した。だが、私たちが人間としての彼に親しみを感じるのは、彼がぐずぐずと問題を先送りしていたからだ。ダーウィンは人間のモチベーションが一筋縄ではいかないことを教えてくれる。やるべきこと、やらなければならないことのリストは誰にでもある。なのに、私たちはそれをやらない理由を考え出す。この意味で、私たちはみんなダーウィンの同族と言っていいだろう。

誰にでもそれぞれのフジツボがある。

先延ばしについて本を書こうと思いついたのがいつだったかよく覚えていないが、そう思ってから久しい間なにもしなかったのは確かだ。

ただ、多くの先延ばし人間が犯す間違いを私も犯してしまった。友人たちにこの本のことを話したのである。彼らは励ましてくれた。本を読むのが待ち切れないと言ってくれた。この激励は逆効果だった。悪気はないのだろうが、そう言われると、ますます執筆に取りかかれなくなることを彼らはわかっていなかった。書く価値があるのかという迷いが生じたわけではない。むしろ、意欲を燃やせば燃やすほど、書くのが難儀になり、結局、書けなくなった。私はにっちもさっちもいかなくなるまで延ばすタイプの先延ばし人間である。

だから、先延ばしの本を書いているはずの時間に、ＬＰレコードをアルファベット順に整理したり、ラジエーターにペンキを塗ったり、ＹｏｕＴｕｂｅでどこかの犬がスプーンに吠えかかっている動画を見たりしていた。階段に掃除機をかけ、ネット通販でクライド・フレイジャーのバスケットボールシューズを買った。汚れてもいないのにキッチンの床を拭いた。冷蔵庫にあるチーズを最後のひとかけまで食べ、結局うまくいかなかったが、水漏れする蛇口を直そうとした。さらに最大の後悔の種は、ラジオでスポーツトークショーを聴いたことだ。先延ばしの本を書いていると触れ回ると、驚くほど多くの人が同じように課題回避を常習的に行なっていることがわかった。自分の先延ばしを誰かに打ち明けたくてしかたがないようで、自分の先延ばし方法を意気込んで話してくれた。誰もが先延ばし人間だった。バードウオッチングを趣味にしている先延ばし人間は、自然界にも同じような習慣が見られると教えてくれた。鳥は敵に出くわして、攻撃すべきか逃げるべきか判断がつかないと、どちらの行動もとらないことがある。そして、クチバシで地面をつつくそうだ。鳥にとっても、生きることはやる気になれないこと以外のなにかを探すことの連続なのかもしれない。

この本の執筆準備段階で（つまり、まだ一行も書かないうちに）、文献を読みあさった。といっても、私が下調べに熱心というより、リサーチは誰にとっても執筆を先延ばしするうってつけの方法だからだ。鳥が地面をつつくようなものだろう。調べていると、何度も同じ数字に出くわした。私たちの二〇パーセントは慢性的先延ばし人間で、全米の大学生の三分の一は重度の先延ばし人間を自任しており、就業時間のうち一〇〇分は無為に費やされているというのである。そして、この種の問題を調査している人々がそれは自分にも当てはまると告白していた。先延ばしに関する学術論文に繰り返し登場する話題は、調査結果をまとめるのが遅れたという自嘲的な余談だった。

だが、私がなにより驚いたのは、先延ばしの研究に専念している人がこんなにいるという事実だった。先延ばしが経済、公衆衛生、集団的な精神的活力に及ぼす損失を調査した論文を掲載した雑誌は山のようにある。スクールカウンセラーやライフコーチは、慢性的な先延ばし人間に解決法を提供している。この習慣の克服法を示した自己啓発本が書店にずらりと並んでいる。おそらく、先延ばしの最大のパラドックスは、このテーマが活発な小規模産業を生み出していて、そのために多くの人がきわめて多忙だという現実だろう。

友人のなかにはこの本を書く私の目的を誤解している人もいた。私が自己啓発本を、つまり、成功をおさめた人物の逸話を紹介し、彼らの成功の秘訣をまとめ、最新の社会科学の調査によって裏づけられた本を書くと期待していたのだ。その例に倣えば、充実した幸せな人生が約束され、輝かしいキャリアを積めるだろう、と。

だが、私はなにをしろ、なにをするなと他人を説得することに興味はなかった。さらに言うなら、私自身の先延ばしを克服することにも興味はなかった。私の目的はこの習慣を改めることではなく、正当化し弁護することだ。歴史を繙き、優れた先人たちの人生をたどれば、私の常習的な先延ばしの口実や根拠が見つかるのではないかと思ったのである。健全な考えとは言えないかもしれないが、以前からごく自然にそう思っていた。自己啓発本には、つまり、着実にステップを積み上げて自分を進歩させることには興味を感じない。自分を成長させたいと本気で思っていたら、とっくにそうしていただろう。だが、もちろん、そうしてはいない。少なくとも、現時点ではまだ。もしそうしていたとしたら、先延ばしというテーマにこれほど興味を引かれなかったはずだ。

⧗

気の張る書き物をしなければならなくなると、私はいつも真っ先に浴室に行って、タイルの目地をこする。しみひとつないほど浴室を掃除しなければならないわけではないし、単純労働をしていると独創的な考えがひらめくわけでもない。目地をこすっている間は、悩みの種である書き物に関してなにもせずにすむだけのことだ。所詮、人間のできることはこの程度のものかもしれない。

なにかから気をそらせたい、先送りしたいという要求は、私には昔からあった。子供時代のいちばん鮮明な記憶は、週末の先延ばしの結末である日曜の夜の恐怖である。月曜の朝までにすませなければならない宿題(ホームワーク)がほとんどできていないのだ。今では宿題は終わらないものだと知っている。大人に成長するどこかの時点で、宿題と呼ばれなくなって、やれば報酬をもらえるようになっただけの話だ。あの恐怖もいまだに消えない。少なくとも、私の場合はそうだ。

一般に、先延ばしには弁解の余地がないとされている。歴史や文学でも、先延ばしは常に意志薄弱、時間の無駄遣い、軽蔑すべきこととされてきた。私たち先延ばし人間はいつも白い目で見られる。筋金入りの先延ばし人間でさえなにかしていないと極度に居心地の悪い思いをするのは、ぐずぐずしているのは時間潰しだと言われるからだろう。英語では時間潰しをkill time（時間を殺す）というから、先延ばし人間は殺害者にされてしまう。先延ばしには犯罪や違反に関する表現がよく使われる。一八世紀のイギリスの詩人で旧約聖書学者のエドワード・ヤングは、先延ばしを「時間泥棒」と称した。一九世紀のイギリスの評論家、トマス・ド・クインシーは、著書『阿片服用者の告白』によって依存症の回想をひとつのジャンルとして確立した弁明の余地のない違反者だったが、先延ばしを「最も憎むべき悪徳」と呼んでいる。おそらく、実体験から生まれた言葉だろう。ド・クインシーは筋金入りの先延ばし人間で、困窮していたにもかかわらず、複数の編集者から書いたものをなんでも出版するという手紙をもらいながら、一度も返事を出さなかった。

ダーウィンもド・クインシーも多作だったが、二人とも先延ばし人間だった。なぜさっさと書けなかったのだろう？　すべてを――キャリアも成功も、なにがなんでも守るべき締め切りも危険にさらして、ぎりぎりまで仕事を始めない作家ほど、先延ばし人間の心理がわかる人はいないと私は思いたい。アメリカの著作家ドロシー・パーカーは、なぜ原稿がそんなに遅れるのかと訊かれて、「誰かが鉛筆を使っていたから」と答えた。たしかに、先延ばし人間ではない作家もいる。ある年齢までにある程度の実績を達成し、成功をおさめただけでなく、年若くして成功したと称賛される作家もいる。だが、私は遅咲きの作家、晩成型の人間に共感を覚える。つまり、この本は本来ならばとっくにするはずのことを先送りしてきた私の人生の産物なのである。

人生の大半を私はこの本を書くことなく過ごしてきた。先延ばしは大昔から見られる習慣だ。歴史をさかのぼると、しなければならないことを先送りしてきた人物が必ず見つかるはずだ。先延ばしは文学、宗教、経済、医学、軍事史にたびたび登場するテーマである。

ヘブライの神ヤハウェから命じられた仕事を何度も回避しようとしたモーセは、間違いなく先延ばし人間だった。古代ギリシャの詩人ヘシオドスは、『仕事と日々』のなかで、「仕事を明日や明後日に先延ばししてはならない。怠惰な労働者は納屋をいっぱいにすることができず、仕事を先延ばしする人間も同じだ」と警告した。古代ローマの政治家キケロは、政敵アントニウスを非難して、先延ばしは「憎むべきこと」であり、とりわけ戦士では致命的だと言っている。

新約聖書には、重要なこと、たとえば悔い改めるのを先延ばしせず、迅速に実行せよという戒めが繰り返し語られている。それでも、聖人ですらなかなか従うことはできなかった。古代ローマのヒッポの司教だったアウグスティヌスは、貞節を祈り求めたことで有名だが、「いまだ遂げられず」に終わっている。

キリスト教が伝統的に先延ばしを嫌うのは、永遠の命への希求が根底にあるからだ。救済を先に延ばしすぎると、やがて死が介在し、地獄に落とされて永遠の責め苦に遭うというわけである。カトリックの学校で教育を受けた私にはこの教えがしみこんでいて、今でも網戸の破れを早く直さないのは大罪ではないかと思い悩む。

アウグスティヌスの貞節の祈りで私が気に入っているのは、私の複雑な心境をよく言い表わしている点だ。先延ばし人間の例にもれず、そして、アウグスティヌスのように、私はいつも「いまだ遂げられず」と言い続けている。サミュエル・ベケットの戯曲『エンドゲーム』で、主人公のハムは「来世を信じるか」と問われて、「私の人生は常にそちらにあった」と答えている。

筋金入りの先延ばし人間でも、その歴史にはくわしくないだろう。私もそうだ。先延ばしの長い伝統を掘り起こすことは果てしない気分転換になり、今やるべきことを回避する絶好の方法となるはずだ。しかも、先延ばし人間は単なる時間の浪費家ではなく、蓄積された遺産の継承者だと自任する。この種の正当化を積み上げていくことが、先延ばし人間として生きていくには不可欠である。

⌛

　では、なにが問題なのか？　アリストテレス以来、多くの思想家が、自分に益となるとわかっていながら、なぜそれを実行できないのか考え続けてきた。なぜ時間をうまく配分して、やるべきことをきちんと達成できないのか？　なぜ合理的な生き方ができないのか？

　ひとつの答えを紹介しよう。それはこの疑問を誰に訊くかだ。考え方が違えば、答えも違ってくる。私は心理学者や経済学者、聖職者や哲学者から話を聞いた。ほとんどすべての人が先延ばしに関して独自の見解を持っていた。肉体的あるいは精神的、もしくは文化的体験と説明された。遺伝子、モラル上の欠陥、意志薄弱、不安症やうつ病の症状、外的刺激に疲弊した認知システムの問題として説明されたこともある。

　先延ばしの定義が難しいのはよく知られている。大半の辞書には、「なんらかの行動を遅らせる、あるいは後回しにすること」と書いてある。しかし、多くの人が知っているように、先延ばしとは、ある意味ではわずらわしい行動を回避しようとする試みだ。たとえば、歯科医のドリルが怖いから私が受診を先延ばししたり、一〇ページのレポートを学生が提出日の前夜九時になって書き始めたりといったように。先延ばししても、この遅延をうまく活用して生産的な仕事ができる人もいる。遅れたせいで能率が上がったとか、締め切りに追われてエネルギーが湧いたと主張する人もいる。しかし、この問題を研究している心理学者の大半は、先延ばしは単なる遅延ではないと定義している。先延ばしは、遅れたら困るとわかっていながら行なう後回しだ。したがって、後回しにする正当な理由がある場合は、先延ばしではない。

私は長年にわたってさまざまなことを先延ばししながら、先延ばしについていろいろ考えてきたが、実際には、先延ばしするのと先延ばしについて考えるのはしばしば同じであることが多い。そうした例をあちこちで見てきた。たとえば、申告期日の四月十五日ぎりぎりに必死になって確定申告書を書いているアメリカの納税者。自宅の裏口ベランダのペンキを塗り直そうと何年も考えている人。医者の次回の予約を取るのを先延ばししている人。さまざまな例があるが、いずれも先延ばし人間である。

私はいわゆるフリーランサーだ。作家、編集者、プログラマー、グラフィックデザイナーなど、アメリカだけでも数千万人がフリーランサーとして働いており、原則として自分の時間を自由に使うことができる。それでは、彼らはいったいなにをしているのだろう？　すぐしなければならないこと以外なら、どんなことでも考えられる。午後は映画館で過ごしているかもしれないし、やたらに高いアメリカーノをちびちび飲んでいるかもしれない。必要に迫られてスポーツジムで運動している場合もあるだろう。生活の糧を得るという避けられない問題を少しでも先送りできるなら、どんなことでもいい。こうした一時逃れは代償を伴う。多くの先延ばし人間と同様、私はまだとりかかっていない物事――まだ書いていない本、まだ立ち上げていないインターネット新規事業など――に常に注意を払っている。常にいわば死活に関する計算をして、自分のしていることとすませてしまった可能性のあること、あるいは、まだしていないことを秤（はかり）にかけているのだ。

先延ばしがこれほどあしざまに言われるのは、ひとつには先延ばしが斯界の権威が禁止した道に進むおそれがあるからだ。先延ばしの習慣は権威に楯突（たてつ）き、物事の決められたやり方を軽視する。いつの時代も先延ばし人間に強敵がいるのは当然だろう。教会は二〇〇〇年間ずっと遅延は魂を滅ぼすと説き続けてきた。生産性一辺倒の現代では、先延ばし人間は悲惨な前途を覚悟しなければならない。経済的・社会的敗者となるおそれである。心理学者やライフコーチ、自己啓発本の著者たちは、行動規範や業績基準を押しつけるが、そんなものを喜ぶのは管理職か人事部くらいだ。こうして、職場で評価されようと、社員みずからが図る効率化が、すべての自己啓発の基本となっている。生産性は最も重要な福音であり、人間として一〇〇パーセントの成功を収めるには、仕事を成し遂げなければならないのである。

私が先延ばしに感じ入っている点を列挙するとすれば、第一にこれを挙げたい。それは多くの人が先延ばしに悩んでいるらしいことである。私が先延ばしを支持するのは、大半の人が反対するからだ。バートランド・ラッセルは一九三二年に発表したエッセイ『怠惰への讃歌』で、「狂信的な効率主義」を激しく非難した。時計に縛られる生き方に反旗を翻し、周囲の規則的なやり方に従おうとしない先延ばし人間に、私も喝采を送りたい。

だが、それなら、こう言えるのではないだろうか？　これこそ先延ばし人間の本領、すなわち、先延ばし人間は自分の先延ばしを巧みに合理化して正当化するのが得意なのだと。長年先延ばしを続けていると、この種の弁解がうまくなる。こうした自己欺瞞（ぎまん）の才能のせいで、先延ばしは研究するのも診断するのも、定義するのも困難なのだ。しかし、先延ばしについての真剣な検討は――やるべき仕事を先送りする作戦としてだけではなく――意義のあることである。先延ばしを本気で考えていくと、必然的に基本的な疑問に突き当たるからだ。私たちは自分に割り当てられた時間を最大限に活用しなければならないのか？　きりのない雑事や仕事上の容赦ない要求とどう折り合いをつければいいのかという問題である。さらには、あふれるほどの情報や娯楽が入手できる時代に、興味を抱く価値のあることと価値のないことをどう区別すればいいのか？

こうした疑問は先延ばし人間に限った問題ではない。だが、先延ばしの力、その心理的効用を念頭に置いておくのは悪いことではないだろう。すべての強迫行為と同様、先延ばしは見せかけのコントロール感を与えてくれる。少なくとも、しばらくの間は不安に押しつぶされることはない。強迫行為のせいで日々忙殺される場合もあるのは、この際考えないことにしよう。先延ばし人間として生きていくのなら、ある種のパラドックスを受け入れなければならない。私は先延ばしに対して愛憎半ばする感情を抱いている。先延ばしに罪悪感を抱きつつ、それでも、敢えてやめるつもりはない。

⌛

先延ばし人間はヒーローを求める。私は自分以外の先延ばし人間が時間の浪費を恥じるのを聞くのが大好きだ。その時間の浪費家が有名で功績のある人物ならなおいい。先延ばし人間が回避と遅延の暗い森を突き進み、森を抜け出たあとに偉業を達成したのである。実にすばらしいではないか。こんな話を聞くと、先延ばし人間としてこう言える。「ほら、やっぱり、それでうまくいったんだ！」

私はこの種の逸話のコレクターだ。こうした話は先延ばしが時間の浪費や規範的な社会秩序に対する反抗、あるいは挫折感をもたらす悪癖ではなく（実際にはこのすべてが当てはまるのだが）、人間が生来持っている心理的葛藤や不安感に根差した基本的衝動であり、さらには、さまざまな義務を課される実世間を渡るためのツールであることを教えてくれる。そして、あなたが常日頃考えていることを裏づけてくれるはずだ。すなわち、きわめて生産的な人物ですら、時として先延ばし人間になる場合もあるのだ、と。

当然だろう。常に一定した羽音のような勤勉さはミツバチにはすばらしいことかもしれないが、人間にはそれほどでもない。なにかを先延ばしにする理由はあまりにもたくさんあるから、運命が私に先延ばしさせたがっているのではないかとさえ思うことがある。日中、二〇分もあればちょっとした用事をかたづけに出られるのに、いざとなるとポケットや鞄の中でさまざまなデジタル機器が鳴り始める。そうなると、携帯電話やタブレットや時計をチェックして、緊急のメッセージが入っていないか確かめなければならないが、おかげでやろうとしていた用事から気がそがれるだけでなく、よく考えると、その用事もやるべき仕事から気をそらすためのものだった。それに、その仕事ですらもっとずっと重要なことから気をそらすためのものではなかったとは言い切れない。日々、滑りやすい斜路をよじのぼるようにして積み上げた成果も、実は、個人的にも社会的にも哀れな錯覚だったのかもしれない。私としてはそう思いたい――とりわけ、仕事をしたくない日には。

用事をすませて戻ってきたとしても、もっと長い散歩に出かけるという選択肢がある。グーグルマップの衛星を中継して、たとえば、ニュージーランドの南島へバーチャルな散歩に出かけるのだ。一〇〇マイルほど進むたびに一息入れたくなったら、ズームインしてパブやカフェを見つけたり、衛星を拠点にして周辺を回ったりすることもできる。午後の数時間でどれだけ遠くまで行けるか、そして、どれだけ午後があっというまに過ぎてしまうか、それは驚嘆に値する。

ダーウィンはこの地理空間に関するデジタル・ビジュアライゼーションを体験することはできなかったが、彼の日課の散歩は同じようなものだったと思う。ケント州の自宅の庭にダーウィンは五分の一マイルにわたって砂と砂利の小道をめぐらせ、道沿いにイボタノキやハシバミやヒイラギの木立をつくって、たいていフォックステリアを一、二頭連れて毎日散歩した。そこで深遠な思索にふけったのだろう。だが、現実にどれだけ考えることができただろう？　足元に犬がじゃれつき、子供たちがあたりを走り回り、牧草地の向こうの丘陵地の絶景に見とれることもあったにちがいない。子供たちは小道の向こうの森でカウボーイごっこをしただろうし、父親が庭を一周するたびにひとつずつ積んでおく小石をふざけて取ったりもしただろう。子供たちのいたずらのせいで、ヒースロー空港で着陸許可を待つ飛行機のように、ダーウィンは庭を何周もするはめになったのではないだろうか。本を出版できたこと自体が奇跡のようだ。

ダーウィンがダウン・ハウスを愛したのは、本人の言葉を借りるなら、「まったく静かで田園的な土地だった」からである。ここで生涯大好きだった森の散歩を満喫したが、発達しつつあった英国の鉄道網と料金の安い郵便制度のおかげで、ケント州に居ながらにして、ロンドンで博物学者としての地位を保つことができた。しかし、ダーウィンにとってそれは時にはわずらわしいものだった。毎日、山のように届く郵便物に対する彼の思いは、殺到するメールにうんざりする現代人に通じる。それがないとやっていけないがゆえに恨みを抱いているのである。返事を書かなければいけない手紙が一通もなかった日には、今日はわずらわされなくて助かった、と日記に記している。

緑濃い渓谷をひとりで散策するのは、ダーウィンにとって世間と世間から課される要求を先送りする方法だった。若い頃、医者になるか牧師になるか、あるいは、それ以外の真っ当な仕事につくかと父親から迫られたが、ダーウィンはそのどれも選ばなかった。選ぶ代わりに猶予を求めたのだ。「しばらく考えさせてほしい」と父に答えておいて、英国の上流階級が好むカントリースポーツ——父親に「射撃、犬、ネズミ取り」と嘲笑された三大趣味にそれまでどおり専念した。ケンブリッジ大学時代には「遊び仲間」ができて、狩猟、乗馬、飲酒、そして「陽気に歌うこと」に熱中した。ヤマウズラの狩猟解禁日を逃すのにくらべたら、職業上の野心など取るに足らないようだった。

人生の大きな決断を先送りすれば、世間から決して好意は得られない。ダーウィンの父は、彼が一族の面汚しになるだろうと言った。ダーウィンのこうした優柔不断は、単なるつむじ曲がり、世間の要求に従わない頑なさと解釈されるおそれがある。だが、先延ばし人間に美徳があるとすれば、そのひとつはなぜ今これをしているのか（あるいは、なぜしないのか）を考えるきっかけを与えてくれることである。私が先延ばしするのは、世間が私にやらせたがっていることにそもそもやるだけの価値があるのか判断がつかない場合が多いからだ。ダーウィンも同じことを考えていたのではないだろうか。

ダーウィンがこれぞという仕事を見つけたのは、ビーグル号の航海に博物学者および艦長の話し相手として参加しないかという誘いを受けてからだった。後年、偉大な博物学者となってから、ダーウィンはチャンスがあったのにさまざまなことを先延ばししてきた人生の時間について語った。ケンブリッジ大学時代に遊び仲間と過ごした時間をこう振り返っている。「私はこうやって過ごした毎日、毎晩を恥ずかしく思うべきだとわかっている」と彼は認めた。だが、実際には、恥じることはなかった。なにをすべきか考えることに費やした時間を総じてよしとしていた。遊び仲間と歌って過ごした日々を悔やむこともなかった。

じっくりと考えた末、ダーウィンはもう一度やり直せるとしても同じことをするだろうと語っている。

2章 持ち越すのは愚行

今日は賢明であれ、持ち越すのは愚行だ
明日には死という前例が申し立てるだろう
かように、賢明さが人生から締め出されるまで
先延ばしは時間泥棒である

——エドワード・ヤング
『嘆き——生と死と永生についての夜想詩』より

先延ばしに関する心理学の闘いが始まったのは一九三三年の夏。おそらく、そう言っていいだろう。アルバート・エリスという一九歳の孤独な若者が、ニューヨーク植物園でなんとか女性に話しかけようと努力した時である。

エリスは今では二〇世紀最大の影響力を及ぼした心理学者と言われている。だが、一九三

三年当時は無名の経営学専攻の学生で、女性に話しかけるのが怖くてたまらなかった。当時、エリスは両親とブロンクスに住んでいて、植物園は近くだったので、そこのベンチに腰かけて、薔薇(ばら)の間を散策している女性に話しかける勇気を振り絞るのを日課にしていた。エリスは女性との出会いを切に願っていたし、通りすぎる女性の誰かとデートして、結婚できればとさえ思っていた。

「だが、今こそチャンスだと何度自分に言い聞かせても、やっぱりやめておこうと諦めて、その場を離れた。救いがたい腰抜けと自分を罵りながら」と、半世紀以上あとになって、エリスはある専門会議で発表した論文の中で語っている。

すっかり自信をなくしたエリスは、自分に「宿題」を課すことにした。雨が降らないかぎり、七月いっぱい毎日植物園に出かけて公園のベンチに座っている女性を見つけるたびに同じベンチに腰かけ、一分間の猶予を自分に与えてから会話を始めると決めたのである。言い訳も、回避も、考え直す余地も認めないことにした。

「試みを先延ばしする時間も、あれこれ考えて不安を募らせる時間も、いっさい自分に与えないようにした」と彼は書いている。

そして、実行した。エリスはその夏の間に植物園で一三〇人の女性と話をした——少なくとも、話をしようとした。そのうち三〇人はすぐにその場を離れた。だが、残りの一〇〇人の女性とはなんとか会話を始めることができたのである。しかも、意外にも、ひとりはデートの約束をしてくれた。結局、約束の場所には現われなかったのだが。それでも、エリスはこの実験を成功と見なした。自分を萎縮させているもの――この場合は女性に話しかけること――に正面からぶつかることで不安を克服できると学んだのである。この経験がエリスの人生を変え、「そして、ある意味で、心理療法の歴史を変えた」と彼は後年語っている。

エリスは一九一三年にペンシルベニア州ピッツバーグで生まれた。父は出張が多くて子供には関心が薄く、母はエリスの言葉を借りるなら「騒々しいおしゃべりで、決して人の話を聞かない人」だった。エリスの回想によると、両親と疎遠だった分、心の隙間を埋めるために二人の年下のきょうだいの世話を進んで引き受け、毎朝、自分で買った目覚まし時計で早起きして二人に着替えをさせたという。

一九三四年に経営学の学士号を取得してニューヨーク市立大学を卒業したが、小説を出版しようとして挫折したあと、一九四七年にコロンビア大学教育大学院で臨床心理学の博士号を取得した。臨床心理士となったエリスは、最初のうちは当時の基準からするとごく一般的な手法をとった。伝統的な精神分析を実施し、寝椅子に横たわった被分析者が語る夢や空想や自由連想に耳を傾けて、不合理の無意識の根源を探り出そうとしたのである。だが、患者たちから成果を引き出すことができず、徒労感に襲われるようになった。おそらく、それ以上に大きな要因は、エリスが性格的に長期におよぶ心理療法に向いていなかったことだろう。そこで、彼はもっとダイナミックで、「きわめて積極的な問題解決方法」を提唱し、「奇跡を待つのをやめた」と、一九七七年に出版されたウィリアム・クナウスとの共著『先延ばしを克服する』の序文に書いている。エリスが女性に話しかける恐怖を克服した経験に基づいた方法で、自滅的行動を招く不合理な信念に対処するこの手法を、彼は論理情動行動療法（REBT）と呼んだ。

一九五〇年代後半に入ると、彼はこの手法を多くの心理療法士に教え始めた。時期もよかった。世界はフロイトに代わるものを求めるようになっていた。その後数十年のうちに精神分析はうさんくさい手法と見なされるようになり、ノーベル生理学・医学賞を受賞した生物学者ピーター・メダワーが精神分析を「二〇世紀における途方もない知的信用詐欺」と称したのはこの時代の大勢の意見を代弁していた。

率直すぎるほどのエリスは、「フロイトはでたらめだらけだ」とよく口にしていた。何年もかけて寝椅子で語らせるといった手法に関心はなかった。エリスのやり方は「くだらない過去を忘れて」行動すること。彼に言わせれば、神経症は「泣き言の上流階級言葉」。子供時代のトラウマを掘り下げる人間は「大きな赤ん坊」だというのだ。

エリスの影響力が大きくなるにつれて、信奉者たちは彼が自助努力として課した宿題をみずから実践するようになった。功罪はともかく、エリスの植物園での実践を再現し、なにも知らない女性たちに近づいて、精神的健全さの達成を試み、あわよくばデートにこぎつけようとしたのである。女性を誘うテクニックは別として、エリスの恒久的な功績は心理療法に緊迫感と行動を吹き込んだことだろう。一九歳のときに「あれこれ考えて不安を募らせる時間を与えなかった」ように、彼は生涯を通して頑健で現実的な精力家というイメージを築きあげ、会話より行動を、熟慮より努力を重視した。

エリスの手法は、現在、心理療法の主流となっている認知行動療法（ＣＢＴ）の先駆けだった。ここ二〇年ほど、不眠、抑うつ、不安、薬物乱用、人間関係の維持困難といった悩みを解決しようとして、ＣＢＴのトレーニングを受けたことのある人は少なくないだろう。ＣＢＴの目的は、不健全な行動や自滅的な精神状態を生み出す非生産的な習慣を突き止めることである。エリスをはじめとする精神科医（たとえばアーロン・ベック）によって創始された認知療法が広く受け入れられたのも不思議はない。高額の費用がかかり、手法が難解で、時間のかかる従来の心理療法にくらべると、手っ取り早く、費用も安く、わかりやすいからだ。従来の手法では、子供時代や夢や暗黙の欲求を何年もかけて語らなければならなかったが、ＣＢＴでは一連のワークブックを使ったトレーニングと、心理療法士との構造化された面談を受ければ、成果が保証されるのだ。

ＣＢＴの心理療法士は「解決志向」という言葉を好んで口にするが、たしかに、ＣＢＴのワークブックに記されたリストや自己評価票、自己診断テストやアンケート調査は、無駄がなく実務的だ。ＭＢＡ取得者に気に入られそうな心理療法なのだ。要するに、効率がいいのである。

先延ばしに関する文献を調べていくと、ポール・リンゲンバックの『全時代を通してみた先延ばし：その歴史の決定版』という本に出会うはずだ。といっても、その本自体を入手するのは難しい。存在しないからである。この本は出版業界の内輪ネタ、つまり、ジョークなのだ。そもそも、どんなに怠惰な作家でも、先延ばしの決定的な歴史を調べようなどとは思いつかないだろう。

にもかかわらず、共著『先延ばしを克服する』の中で、エリスとクナウスは、まるで詳細に検討したかのように、この存在しないリンゲンバックの本を否定している。「興味深い調査ではあるが、問題への対処にほとんど光を当てていない」と書いている。存在しない本を参考文献に挙げた点はともかくとして、『先延ばしを克服する』以前には、問題への対処に関する本がほとんどなかったという点では、エリスとクナウスは間違っていない。だが、『先延ばしを克服する』を皮切りに多くの本が、先延ばしの習慣に宣戦布告し、打ち克つ戦略を提供するようになった。『先延ばしを克服する』はその後も影響力を保ち続けたが、時代を超えて広く読まれる本というわけではなかった。一九七〇年代の通俗心理学特有の表現と分類されそうな専門用語が山のように出てくるからだ。一例を挙げると、「自己降下（セルフ・ダウニング）」をどんな意味で著者たちが使ったのかわからないが、ある時代を彷彿させる表現ではある。さらに、著者たちは独特の強調表現を使う癖があった。「人生という言葉は艱難辛苦（かんなんしんく）と綴るべきだ」とか「変化過程には長期的な快楽主義的展望以上の相当の努力が必要となる。とにかく、なにがなんでも努力である」等々。

『先延ばしを克服する』の中で、エリスは女性に話しかける恐怖に打ち克つために自分に課した宿題のような課題を提供している。先延ばしした自分を罰するために、したくないこと（本で提案された一例は、先延ばしするたびにクー・クラックス・クラン（KKK）に五〇ドル寄付する）を実行し、先延ばししなかった場合にはご褒美を決めておいて、しなければならないことに「自動的に」とりかかるように自分を仕向けるのである。こうした戦略は、さまざまなバージョンとともに、続く数十年の間、先延ばしに関する心理学や経済学の文献で繰り返し紹介されてきた。

『先延ばしを克服する』やその後続書は、先延ばしを物流の問題のように体系的に取り扱っている。こうした組織的な方法はなかなか魅力的で、ついその気になってしまいそうだ。そもそも、自己実現を夢見なかった人などいないのだから。この種の本を読むと、気を引き締めて目標を定めたり、真剣に腹筋運動に取り組んだりしようという気になるだろう。私たちはたいてい自己啓発のためにあれこれやってみたものの、結局挫折したという経験がある。自分を向上させたいという思いは、先延ばしにおとらず自然な衝動で、言ってみれば、この二つは双子のようなものだ。だが、私の場合は、CBTのシステムそのもの――ワークブックに示された自己診断テスト、自己評価票、目的記述書に拒否反応を示した。第一に、ワークブックがだめだった。大の大人が小学校低学年の子供向けのようなワークブックに本気で取り組めるだろうか？　ワークブックは子供が使うもので、ミシン目の入ったページの上に鉛筆で名前を書き、無粋な筆記体で走り書きする。先生の監視の目をのがれるために机の蓋を開けて、背を丸めてワークブックをのぞき込む。しかし、一定の年齢――一二歳くらい――を過ぎたら、もうワークブックを最後までやる必要などないだろう。

それ以上に気になったのは、こういう自己啓発システムの大半が、人生を一筋縄ではいかないものにしている要因、すなわち、相反する感情、堂々巡りの思考、実現できなかった欲望などに価値がないと断定している点だ。エリスにとって、先延ばしは失敗であり、規範からの逸脱だった。英雄的な自己概念を築くために努力してきた人間にとって、先延ばしは許しがたい。「救いがたい腰抜け」のすることだ。エリスが参画したCBTのワークブックでは、望ましくない行動を生み出す信念や思考パターンに直面することによって、そうした行動を排除しようとしている。パニックに襲われたパイロット、頭が真っ白になってしまった講演者、極度に優柔不断な人は、こう訊かれる。あなたの思考法を裏づける証拠はありますか？もっと健全な考え方があるのではありませんか？　それが常識ではありませんか？　しかし、先延ばし人間やパニックに襲われたパイロットなら、こうした思考パターンは通常、とても深いところ――常識が簡単に入り込めないところに埋もれていると答えるだろう。

⌛

今になって考えてみると、ジョー・フェラーリに先延ばしに対する私の思い入れを聞いてもらおうという試みは、最初からうまくいくはずがなかった。かかりつけ医に毎日吸うタバコの本数をあと二箱ふやしたいと相談するために予約をとろうとするようなものだったからだ。

ジョー・フェラーリはシカゴのデポール大学の教授、先延ばしに関する研究と著作の多さではおそらく世界で右に出る者はいないだろう。先延ばしに関する参考文献には、必ずJ・フェラーリと名前が挙げられている。

先延ばしについて本を書こうと決意して、私が最初に連絡をとったのがフェラーリだった。先延ばしの習慣を断ち切る方法を示唆した彼の著書を読んだことがある。フェラーリなら、先延ばしを克服するにはどんな訓練をすればいいか教えてくれるはずだと思ったのである。ニューヨークに行くときに会ってもいいと言ってくれたので、ポンコツのカローラでラガーディア空港まで迎えに行って、彼が望む場所に案内することにした。フェラーリはマックス・アンガマルの『時間、時間厳守、近世初期のカルヴァン主義における修練』という本を小脇に抱えていて、それを私に差し出した。本を受け取りながら、私は到着ロビーに来るのが二分ほど遅れたことにフェラーリが気づいただろうかと内心びくびくしていた。

空港から少し離れたウッドサイドの軽食堂に行くことになった。二つの墓地とブルックリン゠クイーンズ高速道路にはさまれた閑静な場所だ。フェラーリはニューヨークの住人ではないのに、道をよく知っている様子だったので、どこで曲がるか、いつ車線を変えるか、どこまで進むかという彼の指示に従った。クイーンズを横切りながら、彼は道案内をしていないときは、先延ばし人間に関する豊富な知識を伝授してくれた。

「私は先延ばし人間をプロックと呼んでいる」彼は指示を出す合間に言った。「頭のいい連中が多い。それはそうだろう、常にもっともらしい口実を考えつくわけだからね」

長年にわたって先延ばしに関する本を書き、講義や講演を行なってきたから当然だろうが、フェラーリはこの分野の重鎮を自任しているようだった。私は彼に好意を抱き、このテーマに注ぐ熱意に感心した。だが、最初に会ったときから、彼が他人、特に私の先延ばし癖を個人的欠陥と見なしているような気がしてならなかった。

フェラーリが先延ばしというテーマに興味を持ったのは、一九八〇年代にニューヨークのアデルフィ大学大学院で心理学を学んでいたときだ。自滅的行為についてクラス討論をしていたとき、彼は教授に先延ばしをセルフ・ハンディキャッピング戦略として調査している研究者はいるかと訊ねた。教授は図書館に行って自分で調べるようにと言った。調べてみてフェラーリは驚いた。

「なにも見つけられなかった」とフェラーリは私に言った。「せいぜい、作家が急に書けなくなるライターズ・ブロックくらいだった」この分野なら独占できると思って、フェラーリは先延ばしとセルフ・ハンディキャッピングを研究テーマに選んだ。セルフ・ハンディキャッピングとは、彼の説明によると、自分にハンディをつけてあらかじめ言い訳をつくることで、そうするのは失敗するのが怖いから、あるいは、成功するのが怖いからだという。たとえば、自分にハンディをつける先延ばし人間は、自分の力では無理だと思ったプロジェクトに取り組むのを先延ばしする。不安で手が出せないだけではない。先延ばしすることで失敗せずにすむ。たとえ失敗したとしても、本気で取り組まなかったからとか、ぎりぎりまで取りかからなかったからとか、あるいは、「こんなものはやめておこう」と思ったからと言い訳ができる。先延ばしが失敗の一因だったとしても、それが失敗の口実になるのだ。

「こうして不安から自分を守るわけだ」フェラーリは私に言った。「慢性的な先延ばし人間は、能力不足と思われるくらいなら努力不足と思われたがる」

先延ばしは研究する価値のあるテーマだとわかった。しかし、学会で論文を発表するようになると、研究テーマとして真剣に受け止められないことにフェラーリは落胆した。先延ばしというテーマを何度もつまらない冗談の種にされた。ある学術会議では、主催者からフェラーリの発表はいちばん最後でいいだろうと言われた。「テーマが先延ばしだからね」

今でもフェラーリは出会ったばかりの人、たとえば、アメリカ横断の飛行機で近くの席に乗り合わせた人に、先延ばしを研究していると打ち明けたくないそうだ。お決まりの警句「先延ばしのジョークを聞いたことがある？ あとで教えてあげるよ」を聞きたくないからだ。自称ライフコーチがラジオで先延ばしに対する不満を茶化していたが、面白くもなんともなかったという。

「笑っている場合ではないし、そんなことをしてもなんの役にも立たない」と彼は言った。「私が受け取るメールを見せたいほどだ。この習慣に悩んでいる人はいくらでもいる。なにしろ、実害があるからね」

四半世紀以上かけて、フェラーリは先延ばしの研究を正当に評価される分野として確立することに貢献してきた。そして、現在、先延ばしの研究はようやく学問分野の下位区分として定着しつつある。フェラーリは、エリスのような心理療法士の臨床観察を社会科学的データで裏づけた新しい研究者たちの先頭に立ってきた。一九九九年に彼はその後、年二回開催されることになる先延ばし研究者の国際会議の第一回に出席した。ドイツで開催され、一二人の研究者が集まった。二〇一五年にもドイツで開催されたが、そのときは一八〇人の先延ばし研究者が参加した。

研究が進むにつれて、心理学者だけでなく、神経科学者、遺伝学者、行動経済学者も加わるようになった。二〇一一年にニューヨーク市立大学ブルックリン校のローラ・ラビンが発表した論文には、神経心理学の手法を採り入れ、脳の前頭葉に役割が集中している実行機能・計画機能・自制機能の不全と先延ばしとの相関関係が示されている。シェフィールド大学のフューシャ・シロワは、先延ばしは健康状態や幸福感に対する危険因子だと指摘している。二〇一四年には、コロラド大学の研究グループが、先延ばしと衝動性は遺伝的に連鎖しており、先延ばし傾向は世代から世代へ受け継がれると結論づけた。学問分野の例にもれず、先延ばしの研究にも確執や論争が見られるようになったのである。先延ばしの研究者たちの間で白熱した議論を引き起こしたいなら、慢性的な先延ばしは時間管理能力の不足と関係しているのか、それとも、感情制御能力の不足なのか訊いてみるといい。

フェラーリは後者に賛同している。「慢性的先延ばし人間に『とにかくやってみろ』と言うのは、うつ病の人に『元気を出せ！』と励ますようなものだ」

先延ばしを理解するには、その人間が置かれている環境だけでなく、内面を見なければならないとフェラーリは主張する。そうすれば、先延ばしの原因が制御できない一時的な気分にあることに気づくはずだというのである。先延ばしするのは、実行するのにもっとふさわしい時期があると信じているからなのだ。いずれ気分が変わったら、その時期が来ると自分に言い聞かせる。つまり、気分をコントロールして直面している課題をこなす気を起こそうとして、先延ばしするわけだ。昼寝しておけば集中力が高まるだろうとか、今ツイートすれば、執筆のウォーミングアップになるだろうといった具合に。

フェラーリは著書の中で、先延ばしを不安に対処する方法、危惧した結果から自分を守る方法として位置づけてきた。だが、現実問題として、先延ばし人間は自己防衛しようとして、かえって自滅的行動をとる場合が多い。フェラーリや、ケース・ウェスタン・リザーブ大学のダイアン・タイスの調査によると、あなたの能力を評価する重要な試験だと言われたときのほうが、たいした意味のない試験だから気楽に受けるようにと言われたときより、大学生は試験勉強を先延ばしする傾向があるという。つまり、重要な試験なら準備を先に延ばし、さほど意味のない試験の場合は、先延ばし人間ではないかのように行動するのである。努力が物を言うときにかぎって、先延ばし人間はわざと努力を怠るようなまねをする。結果が重要なほど、先延ばし人間は自分を守ろうとして逆説的に努力しなくなるのだ。

私にもこの種の合理化の経験がある。たしかに、先延ばしの原因は気分、不安、抑うつにあるのだろう。私は作家のロバート・ハンクスのエッセイから感銘を受けた一文をノートにメモしてある。「私が物事を先延ばしするのは、ほとんどの場合、恐怖と悲しみに取り憑かれているからだ」

フェラーリの著作を読むうちに、もうひとりの著名な心理学者であるカールトン大学のティモシー・ピッチェルにたどり着いたが、彼は気分に行動を支配されるのではなく、行動が気分をつくりだすのだと主張する。先延ばししようとしたことを実行すれば、気分がよくなる。実際、気分をよくするにはそうするしかない。ただ、問題は、私にも身に覚えがあるが、先延ばし人間はそんなふうに考えないことだ。

私の場合を例に挙げてみよう。執筆しなければと机に向かっていると、この瞬間、なにより必要なのは淹れたてのコーヒーだという気になる。コーヒーを淹れるにはキッチンに行かなければならない。キッチンに入ると、カウンターの上の電球が切れているのに気づく。電球を取り換えるには角の店に行かなければならない。だが、新しい電球を買いに角の店になど行っていられない。執筆しなければならないのだから。その一方で、角の店の隣には有名なベーグル屋があり、コーヒーも淹れたことだし、ベーグルをコーヒーといっしょに味わう誘惑には逆らいがたい。しかも、角の店とベーグル屋のあるあたりには書店があるから、アンソロジーを拾い読みできる。きっと、執筆に役立つだろう。

こうした心理的袋小路に入り込んでいても、自己欺瞞には気づいている。しかし、それはどうでもいい。仕事をするしか気分をよくする方法はないのは承知している。だが、時として、仕事をしなくてすむなら、私はどんなことでもするのである。

⌛

セルフ・ハンディキャッピングに関する最も有名な研究は、先延ばしとは関係がない。一九七八年、「セルフ・ハンディキャッピング戦略を通した自己属性コントロール：アルコールおよび達成不全に関して」と題した論文の中で、エドワード・ジョーンズとスティーブン・バーグラスは、アルコール乱用は飲酒を失敗の口実にすることで面目を保とうとする試みと解釈できると主張している。「パフォーマンスを下げる障害を探し、つくりだすことで、自尊心を守ることができるからだ」

バーグラスはこうした衝動を自身の体験を通して理解していた。彼によると、初めてドラッグを体験したのは、大学進学適性試験（ＳＡＴ）を受ける前で、この試験で満点を取らなければと思いつめていた。ドラッグは言い訳、つまり、恐れていた結果になっても自分の知能が足りなかったわけではないと納得するためのものだったのである。このＳＡＴ前の高揚感が、のちにセルフ・ハンディキャッピング論を生み出すことになった。

先延ばし人間も同じ戦略を使う。成功をおぼつかなくすることで、自信を失うのを避けようとするのである。これは先延ばしの屁理屈の一例にすぎない。先延ばしの弁明がどれほどあるか知ったら、驚かずにいられないだろう。いくつか例を挙げてみよう。

- **私が先延ばしするのは完璧主義者だからで、自ら課した高い期待に達しないのを恐れているからだ**
- **私はあらかじめ弁解を用意する人間で、必ず失敗するとわかっている結果を説明するために先延ばしをしているのだ**
- **私がしようとしているのは公共性の高い仕事であり、他人の評価が怖いから先延ばししている**
- **私は上司や配偶者、クレジットカード会社その他の権力者から、一定の期日までになん**

らかの行動をとるように指示されると癪(しゃく)にさわる
・土壇場になってやり始めると、火事場の馬鹿力が出る
・やらなければならない仕事の規模や数に圧倒されてしまう
・しなければいけないことがとにかく面倒でしかたがない　等々

さらに面倒なことに、私は、たとえば、職業上の義務を果たすといったことには良心的になれるのだが、家庭の雑事にはいつまでたっても取りかかる気になれない。これは私の持論——言い換えれば、自己弁護の正当化——だが、先延ばしとは必要な儀式、つまり、達成までに通らなければならないステップである。そして、どんな儀式の効用も同じだろうが、混沌として思い通りにならない人生を多少なりともコントロールする方法として、私たちに安心感を与えてくれる。

実際、私が目にした先延ばしに関する説明は、いずれもある程度納得のいくものだった。心理学者のピアーズ・スティールは、先延ばしを解明する鍵は、気分の制御不能ではなく、現在に対する集団的偏愛だと言っている。「現在を具体的見地から、未来を抽象的見地から眺めることが、先延ばしの大きな原因である」という彼の著書の一文に私は下線を引いてある。この説明も私にはある程度納得がいく。ほとんどすべての理論にある程度納得できる。思慮深い理論と真っ向から対立する理論でさえ、なるほどと思うところがある。こうした文献を読むのは、私自身にさまざまな診断名をつけることなのだ。

だが、それでも、私は先延ばしをやめられない。

⌛

少し前のことだが、ある朝、いつものように半分寝ぼけながらノートパソコンに手を伸ばした。オンラインで私を待っていたのは、他の人にはジョークかもしれないが、私には笑えない記事だった。高度に生産的な人間の八つの習慣が詳細に説明してあった。私はパソコンを閉じて、枕に顔をうずめた。その記事は読まなかったが、寝返りをうちながら寝直そうとするのが推奨される習慣でないのはわかった。

こういう釣りタイトルに飛びつかなくても、経営管理用語が自己啓発の分野で頻繁に使われるようになったのはいやでもわかる。空港の本屋にも、口コミ動画にも、もっと生産的に、もっと時間厳守をという理想が掲げられている。個人的で特異な自己啓発は切り捨てられる。

一般的な自己啓発と経営上の責務を同じレベルで語るのには賛同しかねる、と私はフェラーリに訴えたことがある。自分の頭で考えたいなら、もっと速く、もっと巧みに、もっと規範的にと繰り返されると、反発したくなるのではないか？

「それはつむじ曲がりというものだ」フェラーリは私に言った。「『あなたがこうしろと言うなら、私はその反対をする』というやつさ」

「ですが、これまでの人生でいちばん面白かったのは、自分がするはずではなかったことをしたときでしたよ」私は反論した。フェラーリはちょっと驚いたようだったが、私はかまわず続けた。「つまり、自分で選択したことだと言いたかったんです。保留や辞退や先延ばしは積極的な選択、自分を確立する方法になり得ると思いませんか？」

フェラーリはそうは思わないと言った。

「先延ばしはさまざまな損失を伴う」フェラーリは言った。「経済的損失もさることながら、個人的損失が大きい。人間関係も損なわれるし、自尊心も傷つく。人生は短い。君は世の中になんらかの貢献をしてきたかね？」

世界のために個人的貢献をした自信はないから、今度は反論できなかった。だから、黙っていた。だが、あとになって、先延ばし人間なら誰でも知っていることを思いついた。すなわち、なにかを先延ばししたいがためにその代わりにしたことが、私の場合、最良の結果をもたらす場合が少なくないという事実を。

社会科学ではこのパラドックスをどう説明するのだろう。だが、私は自分を社会科学でいう一般的タイプとしてではなく、ひとりの人間としてとらえたい。私にとって先延ばしは主観的で微妙で、謎めいていて、予測のつかない問題である。だが、そう思うのが当然だろう。先延ばし人間は、この習慣を正当化するのが得意だから。

ジョーンズとバーグラスはこの点を理解していたようで、私たちは誰でも「ある程度相反する要求を持つことが必要で、それによって自己を維持し演出する空想を抱く余地が生まれる」と書いている。

フロイトも患者の相反する要求に気づいていた。医師に助けを求めていると同時に医師に助けられないよう全力を尽くすのである。先延ばしは被分析者が自己の分析を妨げようとして好んで使う戦術だった。医師の時間を五〇分使えるとわかると、その大半の時間、どうでもいいことを話す。本当に話し合いたいことを口にするとしたら、ぎりぎりになってからだ。被分析者の弱い立場を考えれば——寝椅子に横たわり、ある意味で操作されているわけだから——先延ばし戦術をとるのも無理はないだろう。「待って。まだその気になっていないのだから」というわけである。

だが、精神分析医も先延ばしする。フランスの精神分析家ジャック・ラカンは、治療のペースを自分の思い通りにするために、悪名高い「ショート・セッション」を採用した。なにも気づかずにしゃべっている患者の話を突然遮って、帰らせてしまうのである。ショート・

セッションがどれくらい続くかはラカン次第だった。彼の精神分析を受けたことのあるスチュアート・シュナイダーマンは、著書『ラカンの〈死〉』の中で、ラカンが突然椅子から立ち上がって、今日はもうおしまいだと告げたと書いている。シュナイダーマンは話し始めたばかりだった。

急にセッションを中止するのは、少なくともラカンにとっては意味のあることだった。患者に疑問を抱かせたかったのである。「こんなに早く打ち切られるなんて、なにか悪いことを言ってしまったのだろうか?」と。患者は次のセッションまでそのことを考えているから、次のセッションでは機が熟して話し合いがうまく進むわけだ。

たった五分に一時間分の料金を払う必要があるのだろうかという疑問もセッションを充実させるのに有効だろう。念のためにつけ加えておくと、ラカンはこうしたお金に関する質問を気にとめていなかったらしい。セッション中にデスクについて紙幣を数えていたとシュナイダーマンは記している。

先延ばしというテーマが常に頭にある私としては、ラカンが先延ばしにそれまで評価されなかった力を見出したのではないかと思う。他の精神分析医たちが怯えて心の準備ができていない患者に時間を浪費させたのに対して、ラカンは先延ばしを治療戦術として用いた。だしぬけにセッションを中止することで、つまり、事実上、セッションを先延ばしすることで、彼はセッションをもっと有効なものにしたのである。

これは私が認識するようになった真実を裏づける証拠である。すなわち、人は他人の先延ばしを非難することはあっても、自分の先延ばしには必ず正当な理由を見つけるのである。

3章 聖人、カラス、詩人、聖職者

さあ、今度こそやろう。ああ、だが、もう手遅れだ！

——エドガー・アラン・ポー
『天邪鬼』より

時は四世紀、アルメニアの道端で、古代ローマ軍の百人隊長がしゃべるカラスと出会ったところから物語は始まる。百人隊長はキリスト教に改宗する決意をしていたのだが、この雄弁なカラスがやってきて何事も早まってはいけないと説得しようとした。いい考えがあるという。改宗するのを先延ばしするのだ。あせってはいけない。せめて一日考えてからにするといい。

だが、百人隊長は先延ばししなかった。今すぐキリスト教徒として新たな人生を始めるのだと主張した。

実は、このカラスは姿を変えた悪魔だと気づいて、百人隊長は――のちに聖エクスペダイトという先延ばし人間の守護神となるのだが――めざましいことをやってのけた。カラスを踏み潰して殺してしまったのだ。

聖エクスペダイトのことを知ったのは、この本のためのリサーチを開始してからだ。私はカトリックの家庭で育ち、カトリックの学校で教育を受けたから、聖人の話は数えきれないほど読んだが、先延ばし人間の守護神がいるとは知らなかった。だが、考えてみれば、そんな守護神がいても不思議ではない。先延ばし人間は罪の意識に苦しんでいて、いつかツケが回ってくるのではないかと心配している。こんなに長い間放っておいたら、締め切りに間に合わないのではないだろうか？　試験勉強を始めるのが遅すぎたから試験に落ちるのではないだろうか？　聖エクスペダイトの物語では、先延ばしの代償は途方もなく大きい。聖エクスペダイトにとって、先延ばしは魂を失うことを意味した。聖エクスペダイトとしゃべるカラスの物語は、先延ばしを精神の死活問題に発展させたのである。

聖エクスペダイト伝説を知れば知るほど、私は自分の平凡な習慣が厳粛なものに思えてきた。聖エクスペダイトのおかげで私も気高い人間になったような錯覚に陥った。この伝説では、先延ばしは刹那と永遠、貪欲な肉体と危機に瀕した魂という最も根源的な対立の象徴だった。これを手繰っていけば、自己を正当化したい先延ばし人間に展望が開けるかもしれない。

やがて、先延ばしを拒否したこの聖人が、世界のあちこちでカルトの礼拝対象となっていることが判明した。インド洋に浮かぶ小さなレユニオン島では、聖エクスペダイトの祭壇が道路際にいくつもあって、いずれも鮮やかな赤に塗られ、聖人の小さな像が祀られている。仕組みはこうだ。聖エクスペダイトの像を安置した祭壇をつくって敬意を表し、望みをかなえる手助けを請う。敬意を表したにもかかわらず、望みがかなわなかったときは、聖人像の首を刎ねるのが地元の習わしだ。おかげでレユニオン島では首のない聖エクスペダイト像がごろごろしている。

ブラジルのサンパウロでは、事情が少し違った。信者たちは聖エクスペダイトの祝日に教会の祭壇に祈りを書いた紙を供えて、聖人の助力を請う（聖エクスペダイトの祝日は四月十九日で、アメリカの先延ばし人間にとってもうひとつの重要な日――確定申告の提出期限の二、三日後だ）。

アメリカで聖エクスペダイト信仰が盛んなのはルイジアナ州だが、ここの聖エクスペダイト信仰は、カトリックにブードゥー教が融和した独特のものになっている。ルイジアナ州でもとりわけ聖エクスペダイト信仰が盛んなのはニューオーリンズだ。アメリカ有数の快楽と祭りの町に来て、期限厳守が信仰の対象となりうると知らされるのはなんとも皮肉な話である。

ニューオーリンズでは、古代の百人隊長への祈願が印刷された祈禱カードが簡単に手に入る。

聖エクスペダイト
崇高なる若者にして殉教者
迅速に事を成し遂げ、
遅らせることの決してないあなたにお願いしたいのは……

あるいは

聖エクスペダイト、信仰の証人として殉教し、
神のみわざを実現することで、あなたは明日を今日とする
最後の瞬間の早い時間に生き、つねに未来に身を置いている
迅速（エクスペダイト）に力を与えたまえ
過去を振り返らず、先延ばししない人間の心に

聖エクスペダイトのなによりすばらしいところは、おそらく実在しなかったのに、これほどの信仰を呼び起こしたことだろう。カトリックの権威は、聖エクスペダイト伝説が神話と伝説の寄せ集めであり、事実に基づく点はほとんどないと認めている。にもかかわらず、原始教会は聖エクスペダイトを四世紀の先延ばし反対推進キャンペーンに採用した。救済を先延ばしせず、速やかにキリスト教に改宗して、手遅れにならないよう異教徒を説得するためにこの聖人は大いに役立ったからである。

⌛

現在、最も有名な聖エクスペダイト像は、ニューオーリンズのフレンチクォーターのうらぶれた一角にある小さな教会に祀られている。こぼれたビールのにおいが周囲にたちこめているような裏町だ。このグアダルーペ聖母教会は、ニューオーリンズ最古の教会で、一八二六年に葬儀場として建てられた。私がこの聖人像を見るためにニューオーリンズを訪れたときには、代禱を書いた紙が台座に何十枚も置かれていた。なんらかの喫緊の問題——飲酒癖を克服する、法律上の厄介事から逃れる、そして、もちろん、先延ばしの悪習を断ち切るといった問題を解決するためにエクスペダイトの助力を願って教会を訪れた人たちが置いていったのである。

聖人像にパウンドケーキを供えるのが地元の習わしだと聞いていた。だが、その日は祈りを書いた紙の間にケーキはひとつも見当たらなかった。揺らめく蠟燭(ろうそく)に照らし出された薄気味悪い教会にいると、ひょっとしたら奇跡が起こって、聖エクスペダイトが供物を食されたのではないかと一瞬考えた。

だが、そんな超自然現象が起こったわけではなかった。彫像の台座に備えられたパウンドケーキその他をかたづけるのは、アントニー・リゴリ神父、地元ではトニー神父と呼ばれているこの教会の神父の仕事なのだ。祈願に来た人の後始末は本来、神父の仕事ではないが、誰かがやるしかない。トニー神父は、とりわけ貧しい人を対象に布教活動を行なう聖母献身宣教会に属している。グアダルーペ聖母教会の神父となってからは、北米でいちばん有名な聖エクスペダイトの祭壇の世話全般をいやおうなく引き受けることになったのである。

私が神父と会う約束をしたのは、マルディグラ(謝肉祭の最終日)を間近にした日の午後だった。ホテルから歩いて教会に向かっていると、まだ早い時間だというのに、酔っ払った観光客が千鳥足で歩道を歩いていた。こういう光景はニューオーリンズ名物のひとつだ。四旬節の断食前の大騒ぎが最高潮に達していた。この町の放埒さがいつも以上に目立つようだった。

こうした熱気あふれる喧噪の中で、ランパート・ストリートの地味な教会はひんやりした憩いの場に思えた。トニー神父とは教会に隣接する小さな売店で落ち合うことになっていた。店内では、教会を訪れた人たちが祈禱書や聖人を描いたメダルや祈禱カードを眺めていた。信者にとって、この売店はアメリカ最大の書店チェーン、バーンズ&ノーブルのようなものなのだろう。神父を待つ間、私はピューター製の聖エクスペダイトのメダルと、祈りの言葉が印刷されたカードを手に取ってみた。「……聖エクスペダイトの御仲介によって、私たちが勇気と忠誠と迅速性をもって行動し、適切で望ましいときに幸せな善き最期が迎えられますよう、主なるイエス・キリストを通して祈ります。アーメン」

一四年前にグアダルーペ聖母教会に赴任するまで、トニー神父は聖エクスペダイトの名前を聞いたことがなかった。だが、この教会で働き始めると、信者たちが観光バスでランパート・ストリートにやってくる光景を見慣れるようになった。そして、彼らから聖エクスペダイトの逸話を教えられた。一九世紀のことだ。ある日、ニューオーリンズの教会に見知らぬ聖人像が届いた。包みに「至急(エクスペダイト)」と書いてあるだけだったので、この謎の聖人はエクスペダイトと呼ばれるようになったという。だが、神父はこの話を信じていない。

白髪交じりで見るからに精力的なトニー神父は、祭服の上に「ニューオーリンズ・セインツ」のトレーナーを着て、売店をぶらついていた私に近づいてきた。「セインツ」(聖人(セイント)ではなく地元NFLチーム）を応援するのは、この町の文化に溶け込むための神父なりの譲歩だが、子供の頃からバッファロー・ビルズのファンだった彼にとっては一大決心だったようだ。さまざまな要素が融合したニューオーリンズ独特の文化や信仰の中では、こうした柔軟な姿勢がなければ、クロスオーバーやハイブリッド・ミュージックに対する順応性を保つことはできないのだろう。ニューオーリンズでは、聖エクスペダイトの最も熱心な信者はカトリック教徒ではなく、ブードゥー教の信者だという。ブードゥー教信者がグアダルーペ聖母教会の売店に儀式に使う黒い蠟燭を買いに来ることもあるそうだ。

パウンドケーキを聖エクスペダイトに供えるのは望みをかなえる有効な戦略かと私は訊いてみた。トニー神父は天を仰いだ。

「奉納をはき違えているよ、迷信すれすれだからね」そう言うと、わかりやすく説明してくれた。「聖人が祈りに応えてくれるとは思わないが、イエスさまは応えてくださる。祈りを託するのは、誰かに手を差し伸べてもらいたいからだ。誰だってそうでしょう。だから、こうした供物は実は自分のためなんだ。それはそれでいい。だが、主のことを考えるほうが大切だと思うね」

⌛

私が育ったカトリックの世界では、遅刻はもってのほかだった。私が通ったカトリック系の小学校では、才気は容認されたが、なにより尊ばれたのは時間厳守だった。時間厳守にこだわるあまり、生徒たちに始業時間の五分前には着席しているように命じる修道女もいた。これはゆきすぎで、ちゃんと時間を守っても遅刻になる。生徒たちは「修道女時間」と呼んでいた。

当時、時計は私たちの敵だった。時計は私たちを出し抜こうと決意しているように思えた。教室では、偶然ではなさそうだが、時計はほとんどといっていいほどキリスト受難像のすぐ下に掛けられていて、生徒たちを見張っていた。世にも退屈な授業から早く解放されたくてたまらないときには、長針は必ず速度を落とすように見えた。逆に、もっと時間がほしいとき、たとえば筆記試験を受けているときには、時計は速度を上げて私たちを裏切った。カトリックの学校でなくても時計に裏切られた経験は誰しもあるだろうが、教室に座っている時間は果てしなく続く気がするものだ。しかも、私たちのように永遠の命についてさんざん聞かされると、永遠に三時にならないのではないかと心配になった。

トニー神父は、私が教会を訪れる少し前に行なった説教で、「マルコによる福音書」の一節を読んで、イエスがガリラヤ湖のほとりで、シモンとアンデレという漁師の兄弟に出会った話をしたそうだ。イエスは二人に漁師をやめて伝道の旅についてくるように言った。二人はためらわなかった。「直ちに二人は網を捨てて、イエスに従った」と福音書に記されている。「『直ちに』だ」と、トニー神父は強調した。「その瞬間、二人はしていたことをやめて、イエスに従った。二人がしようとしていることを考えてみてください。生計手段もなにもかも捨てることになる。それでも、二人はまったくためらわなかった」

こんな迅速な英断が下せる人はまずいないだろう。トニー神父が打ち明けたところでは、昔ハイスクールの教師をしていた頃、答案の採点がよく遅れたそうだ。褒められたことではないが、それも正当化できると私は言った。たぶん、生徒のほうでもぎりぎりまで試験勉強をしなかっただろうから。

神父のこの打ち明け話を聞いて、この際、私も神父に告白しようと決心した。そして、白状した。今、神父と交わしているこの会話を私は先延ばししたのだ、と。恥を忍んで打ち明けると、以前にもニューオーリンズに取材旅行に来たが、なんの収穫もなく帰った。原因は私の先延ばしの常習癖だった。

事の次第を説明しよう。グアダルーペ聖母教会に聖エクスペダイト像があると知って、ブルックリンからニューオーリンズまで来た。そのときは友人のマイクといっしょだった。マイクとはハイスクール以来のつきあいで、彼もライターだが、私のような先延ばし人間ではない。実は、ニューオーリンズを訪れるよう勧めてくれたのは彼なのだ。ある晩、夕食を共にしたとき、マイクは本を書く予定で、そのためにはイスラエルまで調査に行かなければならないと言った。私は彼の本の構想を褒め、ぜひイスラエルに行くといいと言ったが、まさか実行するとは思っていなかった。ところが、数日後、マイクはイスラエルからメールをくれた。

私は仰天した。月からメールをもらったかのようだった。私なら、どんな事情があろうと、思いついたばかりの構想を練るために突然、地球を半周する気にはなれない。

マイクのように気軽に旅に出る人間、思い立ったらすぐ世界を駆けまわれる身軽さが、昔から羨ましかった。「今、アムステルダムにいる」とさりげなく知らせてくる彼らのメールが羨ましい。「悪いけど、その日はバンコクにいるから」とランチを断る彼らが羨ましい。私は先延ばし人間だから、気軽に旅に出られない。それどころか、旅は私が最も頻繁に先延ばししていることのひとつで、そのうちにと思いながら、実行しないことがしょっちゅうだ。私のような旅行先延ばし人間でも、航空会社のタグやスタンプやチケットや、古いスチーマートランクにべたべた貼ったステッカーのようなものを収集できないものだろうか。ただし、私の場合は、行った場所ではなく、行かなかった場所の記念である。私はパリにもローマにも東京にも行ったことがない。去年の秋には、ニュージャージー州のプリンストンにも行かなかった。

この本のためにニューオーリンズに行くべきだと私を説得したのはマイクだ。そして、私が先延ばしするのをよく知っているから、いっしょに行くと言ってくれた。こうして、その数週間後、マイクと私はニューオーリンズのグアダルーペ聖母教会で、聖エクスペダイト像を眺めていた。私の漠然とした計画では、先延ばしの歴史の調査旅行の一環として、地元の人――神父か、教区民か、聖エクスペダイトにパウンドケーキを供えている人――から話を聞くつもりだった。

だが、ニューオーリンズに着くと、誰の話も聞く気になれなくなった。ほかにもっとすべきことがあるような気がしたからだ。もっとも、その大半が飲食に関することだったのだが。ニューオーリンズ名物のカクテル、サゼラックや、揚げた魚介類をはさんだサンドイッチのプアボーイが手招きしているのに、それに応えないのは失礼ではないか。そういうわけで、一日半滞在して、マイクは明らかに当惑していたが、私たちは誰とも聖エクスペダイトの話をしないままニューオーリンズをあとにした。

それで、再度ニューオーリンズを訪れることになった。今回はひとりだったが、まえもってトニー神父にアポイントメントを取るという予防策を講じておいた（情報提供者に話しかけるのが苦手なジャーナリストは、小説家や脚本家には格好の情報提供者となる。これまで誰も書いたことのないような茶番劇やペーソスのネタになるからだ）。

トニー神父は私の先延ばし癖を理解してくれた。そして、どれほど優れた人でも、この種の不可解な引き延ばしをすることがあると言った。しなければならないと頭でわかっていても、心の中のなにかがそれを妨げるのだ。原始教会を例にとってみよう。聖アウグスティヌスは若い頃は盗みを働いたこともあり、快楽を追って乱れた異性関係にうつつを抜かしていた。本人にもどうすることもできなかった。「私は自分の過ちを愛していた」とアウグスティヌスは無軌道な青春時代を回想している。

まともな結婚をしてほしいという母の願いを無視して、アウグスティヌスは一五年間ある女性と内縁関係にあり、息子をひとりもうけている。息子がキリスト教に改宗することをひたすら祈り続けていた母が亡くなったあと、アウグスティヌスは長年のふしだらな生活を後悔し、改宗を先延ばしした罪の意識に苦しんだ。彼の自伝『告白』の主題は、キリスト教信仰を受け入れるのが遅れたために人生を無駄にしたという自責だ。「主よ、遅まきながらあなたを愛しています」と彼は書いたが、この言葉はその後何世紀にもわたってキリスト教の讃美歌や祈りの中で繰り返されることになる。

アウグスティヌスの苦悩は、大事なことを先延ばししたせいで決定的な瞬間をのがし、チャンスをつかみそこねたことのある人なら、身にしみるだろう。原罪という概念を教えてくれたのはアウグスティヌスである。先延ばし人間なら理解できるだろうが、人間は本質的に罪を背負っているという反駁（はんばく）しがたい主張を前提としている。ちなみに、アウグスティヌスは約一五年かけて、聖書の「創世記」に関する一連の研究をしている。ダーウィンはフジツボ研究に八年をかけたが、アウグスティヌスもダーウィンと同様、早く研究をまとめて次の仕事に取りかかったほうがいいと友人たちから勧められても、なかなか研究を完成させて出版しなかった。

だが、アウグスティヌスの真の同類はダーウィンではなく、伝説上の人物、聖エクスペダイトだ。聖アウグスティヌスと聖エクスペダイトは、対照的な聖人である。前者は西欧の思想史に偉大な足跡を残し、後者はおそらく実在しない。二人が生きたのは（聖エクスペダイトの場合、生きていたとされるのは）ほぼ同じ時期だ。そして、いずれも非キリスト教的な生活を送ったあと改宗している。だが、意義深いのは、長い間改宗を先延ばしし、自分の行動に罪の意識を抱いて悔恨を情熱的に物語った聖アウグスティヌスが、最終的には深遠な影響を及ぼし、その著作が死後一五〇〇年近く経っても読まれていることである。

一方、聖エクスペダイトは毅然としていて、迷いがなく、人生の大きな誘惑を踏み潰す英雄だ。架空の人物ならではだろう。

肖像画の聖エクスペダイトは古代ローマの兵士が着るトーガをまとい、十字架を手にして、宿敵のカラスを踏みつけている。打ち負かされたカラスは、くちばしに巻物をくわえていて、そこに「明日」という意味のラテン語、CRAS（クラース）と書かれている。英語のprocrastination（先延ばし）の語源となった言葉であり、カラスの鳴き声の擬音語croak（クローク）とよく似ている。一方、肖像画のエクスペダイトが手にしている十字架には「今日」という意味のラテン語HODIE（ホディエー）と書かれている。優柔不断が即決即断に、行動が逡巡（しゅんじゅん）に勝ることをこれほどはっきり示した図式はないだろう。所詮、カラスには勝ち目はなかったのだ。

⌛

聖エクスペダイトの肖像画に描かれたカラスの同類は、しばしば伝説や文学に登場する。北欧や北米先住民の神話に出てくる「悪さをするカラス」や、イギリスの詩人テッド・ヒューズが描いた伝説のカラスもその一例だ。しかし、ヒューズの先延ばしをテーマにした詩の主人公はカラスではない。「ツグミ」と題した詩の中で、この鳥たちはまさに自動殺人機械として描かれている。（のらくら過ごすヒューズのような）人間を悩ませる優柔不断や先延ばしと無縁なツグミたちは、一途で、本能的で、冷酷な鳥として描かれている。

ヒューズが描く鳥は効率的で、人間より完璧な動物とされている（完璧さは旧約聖書でも重視されており、申命記の中の戦いに関する律法では、葡萄畑の収穫をすませていない戦士や、家を建て終えていない戦士は、人々のために戦うのに適さないと記されている）。ヒューズが描く鳥からはロマンチシズムはまったく感じられず、夜明けを告げる美しい歌もない。鳥類をひたすら生物学的に正確に描く。一途で、動揺しない、したがって、恐ろしい存在として。エミリー・ディキンソンは「羽をまとったもの」を希望と呼んだが、ヒューズの場合、「羽をまとったもの」は死だ。

死は猶予を与えたり先延ばししたりできない。エドガー・アラン・ポーの詩「大鴉」もカラス属のしゃべる鳥が主人公で、聖エクスペダイトのカラスと同様、「誘惑者」、「悪魔」、「悪鬼」として描かれ、実際、カラスは確かにそうなのだが、いくら追い払っても追い払えない存在とされている。だが、聖エクスペダイト伝説とちがって、ポーの詩では死を告げる鳥は、取り憑いた人間との戦いに勝利をおさめる。詩人が屈したあとでも「私の部屋のドアの真上にある女神アテナの青白い胸像に」止まり続けている。

ポー自身は相当の先延ばし人間だった。詩人のジェームズ・ラッセル・ローウェルに宛てた手紙の中で、こう書いている。「私は極端にものぐさですが、時折、発作的に驚くほど勤勉になることがあります」。先延ばし人間の両極端の習性を備えていたからこそ、短編小説『天邪鬼』の中で、先延ばし人間の心理を完璧に描くことができたのだろう。

私たちには迅速に遂行しなければならないことがある。遅れたら大変なことになるとわかっている。人生最大の危機が、即座にエネルギーを出して行動せよと声高に叫んでいる。私たちは奮起し、仕事を開始しようと切に願い、やり遂げたときの輝かしい成果を期待して魂を燃え上がらせる。必ず、ぜったいに今日行わなければならないのに、明日に延ばす。なぜか？　答えはない。言葉の根本的な意味をわからないまま使うとすれば、天邪鬼という理由以外には。明日になると、やらなければという不安が募るが、そのせっぱつまった不安とともに、先に延ばしたいという名状しがたい、不可解だからこそきわめて恐ろしい渇望が湧き上がる。この渇望は、時間が矢のように過ぎると同時にどんどん膨らんでいく。行動する最後のチャンスが迫ってくる。私たちは心の中の激しい葛藤に打ち震える――有期と無期、実体と影との葛藤だ。だが、葛藤がここまで進むと、優勢を占めるのは影であり、闘っても無駄だ。時計は時を打ち、それが心の平穏の弔いの鐘となる。同時に、それはかくも長い間私たちを威圧してきた幽霊に夜明けを告げる鶏の声でもある。幽霊は飛び立ち――姿を消し――私たちは解放される。エネルギーが戻ってくる。さあ、今度こそやろう。ああ、だが、もう手遅れだ!

ポーの「手遅れだ」は、聖アウグスティヌスの「遅まきながら」と同じだ。聖人と同様、ポーも次第に悔恨の念にとらわれた。晩年、若い妻ヴァージニアに先立たれて悲嘆に暮れたポーは、ニューヨークのブロンクスの自宅近くのイエズス会を夜になると訪れた。神父たちの蔵書を読むときもあったが、それよりも共に食事をしてトランプ遊びに加わることが多かった。打ちひしがれた詩人は神父たちに慰めを求め、彼らは「教養の高い紳士で学者であり、煙草を吸い、酒を飲み、トランプをし、宗教のことは一言も口にしなかった」と感謝の意を表している。

神父たちはポーの面倒をみてくれた。ポーが悲嘆あるいは酒、時にはその両方のせいで正体をなくすと、神父のひとりが家まで送った。なぜポーを改宗させようとしなかったのか、秘跡を授けようとしなかったのか、疑問を呈する人もいる。だが、イエズス会の神父たちは親身になって話を聞き、肩を貸して家まで送り届けても、宗教の話はまったくしなかった。ポーは一八四九年、ボルティモアで不可解な状況で亡くなった。一説によると、最期の言葉は「神よ、私の哀れな魂を助けたまえ」だったと言われている。

⌛

聖エクスペダイト、聖アウグスティヌス、ポーは、それぞれ先延ばしがどういうものか教えてくれる。先延ばしは単なる気分や不合理な意思決定、時間管理の失敗ではなく、死活問題となりうるのである。時計の針がどんどん進んで、いつかは時間切れになるのは誰でも知っている。だが、心のどこかで、自分の場合だけは、魔法のように時計が例外をつくってくれないかと願っているのだ。私は子供の頃、永遠という概念がなにより怖かった。夜、ベッドで体を起こして考え込んだ。永遠に時が流れるとはどういうことだろう？　自分のことしか考えられない幼い子供には、それ以上に自分がどうなるのか心配だった。子供にとって――一部の大人にとってもそうだが――自分のいない世界ほど理解できないものはない。あり得ないことなのだ。

永遠の命も怖かった。地獄に落ちた人間の苦しみはともかくとして、自分の魂が果てしなく続く時間の中を漂っていると考えるとぞっとした。時間は果てしなく続くのだ。永遠の命は誰にとっても祝福とされていた。それでも、私は考えただけで冷や汗が噴き出した。

⌛

私は聖エクスペダイトに祈ったことはないが、信者たちと同じ楽観主義は持ち合わせている。きっといいことが起こるという信念である。先延ばし人間は落ち込んだり、妄想を抱いたり、自滅的になったりする場合もあるが、楽観主義者でもあるのだ。しなければならないことをするのに今よりふさわしい時期があるといつも信じているのだから。先延ばし人間の楽観的側面は見落とされることが多い。だが、私たちにとって、明日は希望にあふれているのである。

先延ばしにはスリリングなところがある。やるべき時にしないというルール違反を犯すことで気が昂(たかぶ)るのだろう。スーパーヒーローがいつも土壇場まで現われず、間一髪で危機から救ってくれるのは、説話の原則に基づいた理由があるにちがいない。スーパーヒーローは言ってみれば改宗の世俗版であり、日常的な弱い存在からたくましい存在に変身して、周囲に一種の救済をもたらしてくれるが、なぜか同じ人間のままなのだ。

アウグスティヌスは現世を休止と称して、「私を苦しめる遅延」と呼んだ。キリスト教徒が心待ちにしている永遠の命の先延ばしと考えたのだ。アウグスティヌスは永遠の命を授かるのが待ち遠しくてたまらなかった。これも楽観主義である。

私の楽観主義が最高潮に達するのは目が覚めた直後。昔から朝が好きだ。ほかのどんな時間よりも自分がみじめに思えず、いらだたしい思いもしない。朝のうちはなんでもできそうな気がする。アイデアがどんどん湧いてくる！　やる気満々！　他人にもやさしい！　どんどん勢いづいてくる。しかし、午後四時頃になると、自分自身にも人類にも見切りをつけている。この時間になると、絶望に陥って今日という日を諦め、すべて明日に賭けようと思う。現在から逃れ、明朝のために生きる決意をする。

明日を信じるのは一種の信仰だ。明日まで生き延びさえすれば、なにもかも新しくなり、希望がよみがえるように思える。先延ばし人間にとって、希望はいつも経験に打ち克つ。これが信仰でなくてなんだろう。

グアダルーペ聖母教会の売店でトニー神父と待ち合わせたとき、約束の時間まで少しあったので教会に入ってみた。午後四時ごろで、少し離れたバーボン・ストリートではすでに浮かれ騒ぎが始まっていた。教会に来る途中、ナイトクラブの前を通りかかると、ホットパンツ姿の女性がぴっちりした袖なしTシャツを着た太鼓腹の男とドアの前に立っていた。「ねえ、いっしょに楽しまない？」と女性が声をかけてきた。なぜか、たぶん袖なしTシャツの男のせいだと思うが、私は聞こえないふりをした。

グアダルーペ聖母教会の中は静かだった。年配の女性が祭壇の前でロザリオを繰りながら祈っていた。奥のほうでは、他に行き場のなさそうな数人が信徒席の間をうろついていた。教会は暑さの中で静まり返っている。誰も聖エクスペダイトに注意を払っていなかった。

初期のキリスト教会では、最後の審判の日はすぐそばまで迫っている、近い将来必ず来ると信じられていた。そのせいで、いても立ってもいられなくなる人々がいた。数十年ごとにこうしたパニックに襲われる信者たちが続出した。手遅れになる前に悔い改めなければと、彼らはなにもかもを投げ出して、ヨーロッパを横断して聖地を歴訪したり、暴力的な十字軍を送り出したりした。

この種の不安に取り憑かれるのはキリスト教徒だけではない。手遅れになったり、取り残されたりするのを恐れない人などいるだろうか？　緊迫の中で生きていると、なにかを信じたくなる。たとえそれがちっぽけな自己と大差ないものであっても。私たちが発する最も宗教的な問いは、「なぜ私はここにいるのか？」ではなく、「あとどれだけここにいられるか？」だろう。

それで思い出したが、二度目にグアダルーペ聖母教会を訪れたとき、トニー神父から面白い話を聞いた。『リーダーズ・ダイジェスト』に掲載されるような逸話で、カトリックの神父が日曜日の説教中に会衆の笑いをとって、あと少し目覚めさせておくために披露するような話だ。ある日、神父が会衆に向かって、みなさんのうち天国に行きたい人はどれだけいますかと問いかけた。みんなが手を挙げるなか、ひとりだけそうしない信者がいた。神父は会衆越しにその男を眺めて、本当に行きたくないのかと訊いた。男はこう答えた。「もちろん、私も天国に行きたいです。でも、神父さまは今日天国への旅を計画なさっているようなので」

聖アウグスティヌスが現世を「私を苦しめる遅延」と呼んだのは、できるだけ早く天国に旅立ちたかったからだろう。だが、私たちの大半はそうではない。人間は最も完璧なものにも抵抗したくなる交錯した感情を生まれながら持っている。

天国は好ましそうだ。でも、今すぐ行かなくてもいい。

4章　やることリスト略史

他にもっとすべきことがあるのに物を書く人間がいるだろうか？

――バイロン卿
日記より

イタリアの作家、ウンベルト・エーコは何よりリストづくりが好きだった。最初、エーコは記号学者として学界で名を知られていただけだったが、一九八〇年に出版された小説『薔薇の名前』が大ヒットして一躍有名になった。一四世紀のイタリアを舞台にしたシャーロック・ホームズ風の推理小説仕立ての小説では、修道士（バスカヴィルのウィリアム）が探偵役をつとめ、ショーン・コネリーとクリスチャン・スレイター主演の映画にもなった。この小説のヒットで、エーコは一風変わった有名人になった。辞書を読むのが好きな有名人である。無人島でひとりで暮らすとしたら、どんな本を携えていくかと訊かれて、エーコは電話帳と答えている。

エーコは著書『芸術の蒐集』（*The Infinity of Lists*　川野美也子訳、東洋書林、二〇一一年刊）の中で、リストは表現できないことを表現する唯一の方法だと書いている。たとえば、叙事詩『イーリアス』で、ホメロスはトロイアに侵攻したギリシャ軍を描こうとしたが、結局、諦めた。そして、その代わりに艦隊リストを記した。三五〇行にわたってギリシャ軍の司令官と艦船の名を挙げたのである。

私たちがリストに興味を引かれるのは、その無限性のせいだとエーコは言う。リストには限界がなく、決して完成することがない。「私たちには限界——気落ちするような屈辱的な限界がある。死だ。だからこそ、私たちは限界のないもの、したがって、永遠に続きそうなものが好きなのである」とエーコは書いている。「私たちがリストを好きなのは死にたくないからである」

私もかなりのリスト好きだが、死ぬまでにしたいことリスト（バケット・リスト）はつくったことがない。死ぬまでにしたいことリストに載せるようなことをする体力も勇気もないからだ。たとえば、スカイダイビングとか、ハンググライディングとか、マラソンとか、エベレスト登頂とか。

バケット・リストを作成するには、自己啓発と完遂する意欲が必要だ。死ぬ間際まで経歴に箔をつけ、感動的な体験をしたいという欲望がなければならない。バケット・リストという言葉が広く知られるようになったのは、ジャスティン・ザッカムの脚本で、ジャック・ニコルソンとモーガン・フリーマンが主演した映画「バケット・リスト（邦題：最高の人生の見つけ方）」のおかげだろう。この脚本はザッカム自身の死ぬまでにしたいことリストから生まれた。もうお察しだろうが、彼のリストの第一項は、ハリウッドの大手映画会社が製作する映画の脚本を書くことだった。

私がバケット・リストをつくれないもうひとつの理由は、このリストを書くには自分の生命に限りがあることを認識しなければならないが、断固認めたくないからだ。ひとつの課題を終えると、その課題はなくなり、ある意味で自分を消滅させることになる。これも私がやることとリストの課題を実行できない理由のひとつである。やるべきことが目の前にあるかぎり、むしろ、永遠に実現できない一連の項目が残っているかぎり、どれだけ先延ばししても限界はないわけだ。リストの最後の項目を線で消すほど落胆することがあるだろうか？　私はリストが永遠に続いてほしい——そして、できることなら、私自身も。

ニューオーリンズから戻ると、長めのリストが私を待ち受けていた。大きな仕事も小さな仕事もあったが、信者たちが聖エクスペダイトに供物を捧げる理由がやっとわかった。要は、仕事を終えられない責任を押しつける対象がほしいのである。グアダルーペ聖母教会の売店で少なくとも三枚祈禱カードを買ってきたが、仕事はほとんど進んでいない。ちょっと不当ではないだろうか？　レユニオン島の道路際に首を刎ねられた聖エクスペダイト像がごろごろ転がっているのも不思議はない。

締め切りに追われると、私はどんどん穴にはまっていった。その時点でしなければならないのが仕事だけにならないように、底なしの穴を見つけるのである。ツイッターのプロフィールを更新することが、なによりも重要に思えてきた。さらに、ほぼ一日費やして、デジタルミュージックのファイルのコレクションを編集した。今思うと、編集というより「キュレート」という言葉がふさわしい。

だが、こういう作業をしていても、落ち着かなくなってきた。仕事をしないことで落ち込み、落ち込むとますます仕事ができなくなった。この悪循環はわかってもらえるだろう。結局、仕事以外のことに注意を向けているうちに数週間過ぎた。本から引用するために本棚にその本を探しに行くと、これまで読む機会のなかった音楽評論のコレクションを見つけ、それを探していたわけでもないのに、本棚から抜き出すと、たちまち一九八〇年代のニュージーランドのガレージポップ・シーンがよみがえってきて夢中になった。

気がつくと、最初になにを探していたのかすっかり忘れていた。

先延ばしをやめなければならないとわかっているし、やめようと決意しているのだが、ついつい「超先延ばし」してしまって、先延ばしをやめるという決意は雲散霧消し、なにもしないことに対してなにかするのをやめてしまう。

取りかからなければならないのにその気になれないとき、私はいつもやることとリストをつくった。私にとって、そして、先延ばし人間ならみんなそうだと思うが、リストをつくる最大の利点は、もやもやした気分を吹き飛ばして満足感を高めることである。先延ばししていることをリストに載せなかったら、まだ取りかかっていないと気づかないかもしれない。それでは困るではないか。

エッセイ執筆、著者校正、送受信するメールのリストを作成した。雑誌に売り込む短編小説と売り込み先の編集者のリストもつくった。そのほかにも、支払わなければいけない請求書、閲覧しようと思っているウェブサイト、雑用、洗濯、落ち込んでいる友人への励ましの電話もリストに載せた。こんなことをしていると、一日が終わるまでに仕事場はリスト展示室のようになる。机の上はもちろんベッドの上にもリストが置いてあり、キャビネットにもマスキングテープで留めてある。

リストが紛失して、あとになって見つかることもあった。だが、だいじょうぶ。何週間も前に作成したリストでも、たいていまだ実行していないから、その意味ではまったく支障はないのである。古いリストは群れに戻ってきた迷子のヒツジのように歓迎される。

リストをつくれば、だらしない生活に規律をもたらすことができると考えるのはいいが、私の場合、リストづくりと実行とはあまり関係がない。むしろ逆かもしれない。私がリストづくりが好きなのは、リストに載せると実行したような錯覚に陥って、目標達成という責任から解放されるからである。

リストを作成し、リストを管理し、リストを紛失し、それを探すために午後の時間を費やしていると、結局、載せた項目を実行する時間がなくなってしまう。多くの人がリストづくりにはまるのは、このためだろう。もうひとつ理由を挙げるとすれば、やることリストの作成は、載せた項目を実行する以上に満足感が得られる場合が多いことだ。やることを書き出すのは、たいていの場合、やるべきことを実行するより楽しいのである。

⌛

少し前のことだが、リサーチの名目でネットサーフィンをしていると、歌手のジョニー・

キャッシュが生前にスケジュール帳にメモしたという「やることリスト」を見つけた。いちばん上に「今日やること！」と書いてある。

1. 禁煙
2. ジューンにキスする
3. ほかの誰にもキスしない
4. 咳をする
5. 小便する
6. 食べる
7. 食べすぎない
8. 心配する
9. ママに会いに行く
10. ピアノの練習

リストのタイトルにつけた感嘆符は、あの「黒服の男（マン・イン・ブラック）」からは想像できない明るい楽観主義の表われなのかとずっと思っていた。だが、ひょっとしたら、絶望の表われだったのだろうか？

　キャッシュがリストづくりの天才だとわかるのは、八番目に「心配する」が載っているからだ。もう心配し尽くしたと言い切れる人などいるだろうか？　もしいたとしたら、次に心配しすぎではないかと心配になるのが普通だろう。「心配する」をリストから消すことはできない。心配は強い欲求であり、そのこと自体に関する欲求だから、決して実現できない。リストに載せただけで心配の種になるからだ。心配について考え続けていると、頭がくらくらしてくる。精神的な眩暈（めまい）――深い心理的苦痛を覚える。キャッシュはそれを知っていたにちがいない。「心配する」の次に「ママに会いに行く」を載せているからである。

　アメリカ随一のリスト作成者はベンジャミン・フランクリンで、一七三七年一月六日付『ペンシルベニア・ガゼット』紙に酔っ払った男を描いた二〇〇以上の表現リストを発表している（一例を挙げると、「彼は大きな帆を広げた」）。フランクリンはいいことでも悪いことでもリストにして、それを意思決定手段にした最初の人物と言われている。二〇歳のときには有名な十三徳（節制、沈黙、規律など）のリストをつくって、それを実行しようとした。彼はこのリストを道徳のスプレッドシートのように使った。それぞれの徳に関して「吟味してみて犯したとわかった過失には小さな黒丸をつけて」、過失を記録した。それぞれの徳を順番に習得していけば、最終的にはリストの項目をやり終えて完璧な徳を身につけられると考えたのである。フランクリンは八四歳まで生きたが、二〇歳のときにはすでに成功を急いでいた。「あなたは人生を愛しているか？ それなら、時間を浪費してはいけない。人生は時間でできているのだから」と彼は書いた。「失った時間は二度と取り戻せない」

アメリカの自己啓発産業の元祖はフランクリンである。フランクリン自身、提唱したアドバイスを真剣に実践したのか、それとも、アメリカ人の勤労倫理の根本にある生真面目なピューリタン的道徳を茶化したのかは、研究者の間で意見が分かれるところだ。だが、フランクリンが読者をからかって楽しんでいたのは想像に難くない。さまざまな分野で功績を残し、発明家としても著作家としても多作だったのは事実だが、その一方で、浴槽に寝そべって――時にはフランス人の愛人のひとりとともに――長時間過ごしてもいた。生産性にこだわるあまり、午後を浪費する方法を知らなかったわけではないのだ。

二〇世紀アメリカのリスト作成者にしてメモ魔で偉業を残した人物となると、ドワイト・アイゼンハワーを挙げなければならない。チェーンスモーカーの彼は、第二次世界大戦中、連合軍総司令官として緻密で徹底的な「ノルマンディー上陸作戦」を計画したが、それ以上に、二期におよぶ大統領在任中、法外な時間をゴルフに費やしたことで知られている。だが、フランクリンと同様、アイゼンハワーもアメリカの生産性のシンボルだった。この定評のもととなったのは一九五〇年代後半にノースウェスタン大学で行なった講演だと言われている。「引退した大学の学長」から聞いたという建前で、割り当てられた時間の使い方について話した。「重要なことが急を要する場合はめったにないし、急を要することが重要である場合もまずない」。引退した学長とはアイゼンハワー自身だったのだろう。彼は戦後、コロンビア大学の学長を務めたことがあった。だが、皮肉なことに、彼のぶっきらぼうで、軍人らしい効率を重視する経営スタイルは、教授陣の反感を買った。彼らとしては明確な目的もなく延々と議論を続けるのが性に合っていたのだろう。

だが、作家で教育家のスティーブン・コヴィーは、アイゼンハワーのこの言葉に感銘を受けて、フランクリン・コヴィー生産性事業を発展させている。アイゼンハワーの言葉に基づいて、のちに「アイゼンハワー・マトリックス」と呼ばれる意思決定方式を考案したのである。その方法とは、まずやることリストを四つのグループに分ける。すぐやること、いつやるか決めること、人に任せること、削除することの四つだ。こうすればリストを改善して、哲学者のマーク・キングウェルが「不活動という活動」と称した時間の浪費——つまらないことであくせくして、結局、本来やるべきことができなくなること——を排除して、うまく時間を配分できる。あくまでも私見だが、献身的な親や奉仕活動に熱心な人の多くは、たしかに立派な行動をしているが、少なくともある程度、ほかにすべきこと——たとえば、自分の仕事――を回避しているのではないだろうか。

不活動は時として活動となり得る。象徴派の詩人サン・ポル・ルーは、毎晩寝る前に寝室のドアに「邪魔しないで。詩人は仕事中」と書いた札をかけた。きざなセリフだが、成果はたゆまぬ努力や多忙な作業だけから生まれるのではなく、休息や瞑想からも生まれるのだと気づかせてくれる。

私は先延ばし人間だから、この人間的な不活動の仕組みをよく知っている。あと一冊本を読む、コルトレーンを聴く、シャワーを浴びる、公園を散歩する。こうした行動はいずれもリストの「執筆」に含まれている。言い換えれば、「飲み物片手に寝そべって、ぼんやり天井を眺めているように見えるかもしれないが、実は執筆しているのだ」。それでも、ある時点で自分に言い聞かせる。そろそろ「執筆」をやめて、書き始めなければ。

私の場合、先延ばしのきっかけは心配だ。雑誌社から依頼された論説は私の手に余るのではないかと心配になる。それで、書くのを先延ばしする。ずっと放ってあった家の修繕は私が思っているより大変で、費用も高くつくのではないかと心配になる。それで、延期する。医者がどこか悪いところ、私が考えたくもないことを指摘するのではないかと心配になる。それで、何年も受診を先延ばししている。しなければならないことはいくらでもあるから、心配の種は増える一方で、リストはたまり続けている。

一四八二年、レオナルド・ダ・ヴィンチは、ミラノ公ルドヴィーコ・スフォルツァに求職の手紙を書いた。当時、イタリアで最も活発に戦争しているこの都市国家の敏腕支配者がなにを求めているか、ダ・ヴィンチは心得ていた。手紙の中で彼は自分にできることを列挙している。投石機（カタパルト）およびその他の攻城兵器の製造、「いつ何時でも敵を追跡あるいは敵から逃亡」するのに役立つ可搬橋の設計。近代戦車の先駆けのような「覆いのついた二輪戦車（チャリオット）」の計画も提案した。

絵が描けると伝えたのは手紙のいちばん最後だった。

ダ・ヴィンチの売り込みは功を奏した。しかし、彼を採用したルドヴィーコ公が命じたのは軍事関係の仕事ではなく、「巨大な馬（グラン・カバロ）」と呼ばれたブロンズ像の制作だった。ルドヴィーコ公の父を記念したもので、世界最大の騎馬像となるはずだった。だが、ダ・ヴィンチの多くの計画と同様、この像は完成に至らなかった。これほど巨大な像を鋳造するのが手に余ったのか、何年もそのまま放っておいた。おそらく、ルドヴィーコ公は待ちくたびれたのだろう。フランス軍がミラノ侵攻を企て、防衛のために兵器が必要となったとき、騎馬像のためにとっておいたブロンズを大砲の建造に回した。

意欲的な展望とじれったいほどの遅延、それがダ・ヴィンチのやり方だった。アイデアはどんどん湧いてくるのに、次々と舞い込む貴族からの肖像画の依頼に忙殺されていた。壮大な計画を立てるが、実現できないことで有名だった。だが、ダ・ヴィンチには彼なりの考えがあった。常に大きな課題を自分に課して、きわめて意欲的なやることリストをつくった。「雲がどのように形成され、どのように消えていくかを説明する」は、彼のリストの中で典型的な項目だった。「くしゃみとは何かを説明する」という項目もあった。そして、私が知っている多くの契約労働者と同様、彼は依頼があると断れなかったようで、それも多くの仕事が未完に終わった原因だろう。彼の伝記を初めて書いたジョルジョ・ヴァザーリは、ダ・ヴィンチの完璧主義が障害になったと書いている。「彼は多くのことを始めたが、想像したことを実行しようとすると、完璧な芸術の域に達するのは不可能だと感じたようだ」。ローマ教皇レオ一〇世は、ダ・ヴィンチの仕事の遅さに業を煮やして、「この男はなにひとつ達成できない」と言い切ったそうだ。

現在、私たちはダ・ヴィンチが描いたヘリコプターや潜水艦やロボットのスケッチを見て驚嘆するが、当時のパトロンたちが知りたかったのは、もっぱら彼が約束した肖像画をいつになったら仕上げてくれるかだった。

ダ・ヴィンチが生涯に完成させた絵画は二〇点ほどで、そのうち二点には同じ名前がついている。「岩窟の聖母」なぜこんなことになったかというと、一四八三年にミラノの聖母無原罪の御宿り信心会が、礼拝堂の祭壇画として聖母マリアと幼子キリストを描いた絵をダ・ヴィンチに依頼したのが始まりだった。契約労働者として生計を立て始めたばかりの人間の例にもれず、ダ・ヴィンチは世間知らずの楽観主義から七ヵ月で完成させると約束した。だが、結局、この絵が礼拝堂に飾られたのは二五年後だった。

このおかげで、ダ・ヴィンチは歴史上最も有名な先延ばし人間として数々のリストに名を残すことになった。本人も、晩年になって、多くのことをやり残したのを悔やんだと言われている。だが、彼の先延ばし癖と彼の非凡な才能を切り離すことができるだろうか？　現在、私たちは彼を博識家で、芸術から解剖学、天文学、工学まで幅広く研究し、それぞれの分野で功績を残した思想家と評価している。しかし、彼の手際の悪さにいらいらさせられた同時代の人たちは、ひとつのことに集中できない気まぐれな人間だと思っていた。もしダ・ヴィンチが職人のように律儀に締め切りを守り、パトロンを喜ばせることばかり考えていたら、後世に残る傑作を生み出すことができただろうか？

先延ばし人間ならこの解釈に飛びつきそうだが、実際には、もっと込み入った事情があった。ダ・ヴィンチは聖母無原罪の御宿り信心会が依頼した礼拝堂のための絵を比較的早く

——わずか二、三年で——完成させた。ところが、提示された報酬があまりにも少なかったので、腹を立ててよそに売ってしまった。礼拝堂に飾られることのなかったこの絵は、現在、ルーヴル美術館に展示されている。

聖母無原罪の御宿り信心会は、あわてて再び同じ絵を依頼し、ダ・ヴィンチも納得して、もう一度描くと約束した。今度は完成まで一五年かかった（あるいは、さらに慎重な情報源によると、「発注の遂行は延長された」）。この「岩窟の聖母」のセカンドバージョンは現在ロンドンのナショナル・ギャラリーに展示されており、多くの鑑賞者を押しのけて前に立つことができれば、ダ・ヴィンチがようやく履行した契約の成果を見ることができる。この絵が信心会の礼拝堂の祭壇の後ろに飾られたのは一五〇八年、ダ・ヴィンチが七ヵ月で完成させると約束してから四半世紀後だった。

先延ばし人間は、厳密な定義にしたがえば、あとで痛い目に遭うと予測しながら先延ばしを選ぶ人間である。先延ばしが自分の利益に反する活動（あるいは不活動）と関連があるなら、次の疑問は、「自分の利益に反するとわかっているのに実行するのはどんな人間か」だろう。古代ギリシャ人は、（察しがつくだろうが）こうした行動を表わす言葉をつくった。「アクラシア」、よりよい判断に反した行動を自ら進んでとるという意味だ。ソクラテスは真にアクラシア的行動をとるのは不可能だと言っている。自分にとってなにが最善かわかっている人間なら、当然、最善と思えることをするからだ。「自ら進んで悪に向かっていく人間はいない」とソクラテスは論じた。

それに対してアリストテレスは、「アクラシア」を意志の欠如と端的に表現した。理性が食欲や欲望に打ち負かされるということだ。たとえば、私はシェイプアップしたいと心から望んでいるが、実行できない。エクササイズに励むかわりに、動画配信サイトＨｕｌｕでコメディ映画「タラデガ・ナイト　オーバルの狼」を観たり、ハーゲンダッツの塩キャラメルアイスを一パイント食べてしまったりする。ハーゲンダッツのアイスを食べる喜びを優先して、フィットネスを放棄する。つまり、自分にとって最善のことをしなかったのである。

アクラシア的行動をとるのは、人間がある種の動物的欲望を満足させるようにできているからだと考えれば、納得がいくだろう。不適切な相手と一夜を共にしたり、ツイッターで午後の時間を潰したり、塩キャラメルアイスを食べたりといった具合に。不健全で、理性的でないとわかっていてもついやってしまって、あとで嫌悪感を覚える。これでは人間以下ではないか、「鯨飲馬食」した自分は犬にも劣ると後悔する。一六世紀の詩人エドマンド・スペンサーは、『妖精の女王』の中で、魔女をアクラシアと名づけている。魔女には愛人を動物に変える力があり、動物に変えられた人間は自制がきかなくなる。

頭脳明晰な人でもアクラシア的行動をとることがある。ノーベル賞を受賞した経済学者、ジョージ・アカロフは、一九九一年に書いた論文の冒頭で、こんな話を紹介している。当時インドに住んでいたアカロフは、アメリカにいる同業者でもある友人のジョセフ・スティグリッツに約束した小包を送ろうと毎日思っていたが、なかなか実行しなかった。「毎朝目が覚めると、明日こそはスティグリッツに箱を送ろうと決意した」とアカロフは書いている。しかし、八ヵ月以上箱は手元に置いたままだった。

この逸話はある意味で励みになるだろう。優秀な学者でも先延ばしするとわかると気が楽になる。逆に、この話にいらだつ人なら、アカロフの襟を揺さぶって「さっさと箱を送れ！」と発破をかけるだろう。アカロフ自身、なぜそうできないのか当惑していた。そして、私たちの判断や意思決定が古典派経済学の想定とは違って、完全に合理的とは言い難い衝動に支配されている証拠を先延ばしに見出した。アカロフの専門分野である行動経済学では、時として非合理的になる人間が非合理的な意思決定をする過程を研究する。

先延ばし人間の非合理的行動のひとつに、行動経済学における双曲割引と呼ばれるものがある。目先の報酬（低くてもすぐ手に入る）を、待たなければ手に入らない報酬（高いが、手に入るのは先）より重視することだ。たとえば、大学院生は将来いい仕事につくために学術論文を書くのを先に延ばして、オンラインのスクランブルゲームに興じる。現在の自分を将来の自分より優先しているわけだ。オンラインで時間を浪費している大学院生が、大きな報酬（いい仕事）を手に入れることはできないのではないかと疑っている可能性は、この際考えないことにしよう。

先延ばしできるのは、選択が至上価値である世界——現在の世界的な大量生産・大量消費経済——だけだ。自由市場は人間の自由にとって不可欠であり、選択は私たちの権利とされている。しかし、あなたが私のような先延ばし人間で、スーパーマーケットのシリアルの棚の前に何分も突っ立って、ハニー・スマックスにするかキャプテン・クランチにするか決めかねていたら、選択は重荷と感じられるだろう。

選択の余地は迷いを生む。この仕事を受けるべきか？　寝室の壁は青にすべきか？　この人に結婚を申し込むべきか？　以前から肩の上にあるできものを医者に診てもらうべきか？　私にはどうしていいかわからない。決断できない。毎朝、目が覚めると、私はアカロフのように、今日しなければいけないことを認識している。だが、そのうちどれを実行すべきか？　やることリストはメニューであり、先延ばし中に私が心から望むのは、なにを注文するかウエイターに選んでもらうことである。

レオナルド・ダ・ヴィンチは「巨大な馬（グラン・カバロ）」を完成することができなかった。一四九三年に二四フィート（約七メートル三〇センチ）の粘土の模型をつくったが、その後、弓兵たちが射撃練習の的にして破壊してしまった。ミラノ公ルドヴィーゴがフランス軍の侵攻にそなえて、八〇トンのブロンズをダ・ヴィンチから取り返して大砲の材料にしたあとは、巨大な馬の計画は何世紀にもわたって忘れられていた。この馬の設計図が見つかったのは、一九六五年、マドリードで彼の古いノートが発見されたときだった。アメリカの美術収集家チャールズ・デントは『ナショナル・ジオグラフィック』の記事でこの頓挫した計画のことを読んで、再度試みるために資金を調達しようと決意した。そして、彫刻家のニナ・アカムにダ・ヴィンチの巨大な馬を制作させた。厳密には彼の設計図とはちがっていたが、二五フィート、一五トンの堂々とした彫刻である。ミラノで除幕式が行なわれたのは一九九九年、ダ・ヴィンチの粘土の模型が破壊されてから五〇〇年後だった。

　私はこの話を先延ばし人間の闘いの記念碑と考えたい。諦めなくていい。誰かが、どこかで、たとえ五〇〇年後だろうと、あなたがやり遂げられなかったことを完成させてくれるかもしれないから。

5章　時計に追われて

……我々はイニシアチブなど求めていない。求めているのは、我々が下す命令に従い、言われたことを実行、しかも迅速に実行することだけだ。
　　　　――フレデリック・ウィンズロー・テイラー
　　　　　経営に関する講演より、一九〇七年

一九一一年の夏、マサチューセッツ州にあるウォータータウン兵器庫で働く労働者の間には共通の敵がいた。裕福な家庭に育った経営コンサルタント、フレデリック・ウィンズロー・テイラーである。三年ほど前から、テイラーと助手たちはストップウオッチ片手に工場内を歩き回って、さまざまな作業に当たる労働者の効率を高め、無駄な時間を省こうとしていた。工場の作業――工具研ぎから、材料の運搬、沿岸防衛砲の鋳型を取るといった作業まで、すべての作業の適正な所要時間を見つけ、指示しようとしたのである。

これがテイラーの仕事だった。労働者を監視し、作業時間をできるだけ正確に測定し（必ずしも正確にとはいかなかったが）、詳細な報告書を雇い主に提出して、どうすれば労働者がより迅速に働けるか提案するのだ。

工場労働者たちは彼にスピーディという綽名（あだな）をつけた。

合衆国陸軍がテイラーを起用したのは、沿岸砲と迫撃砲の砲架を製造しているこの軍需工場の合理化を図るためだった。当時、テイラーはすでに生産効率向上の専門家として名声を博しており、実業家たちは彼を雇って、どんどん複雑化する事業をコントロールし、最大限の利益をあげようとした。テイラーは二〇世紀に入って急激に増加したエキスパート——高い顧問料を要求する経営コンサルタントの先駆けと言えるだろう。

フィラデルフィアの裕福な家庭に生まれたテイラーは、一風変わった経歴の持ち主だ。ハーバード大学に合格したが、フィラデルフィアのポンプ工場の労働者となり、機械工から始めて、最終的にはフィラデルフィアのナイスタウンにあるミッドベール・スチールの主任エンジニアになった。その一方で、上流スポーツクラブに所属して頭角を現わした。一八八一年にはアメリカテニス協会の大会のダブルスで優勝している（そのとき使用したラケットはテイラー自身が設計した）。さらに、一九〇〇年のパリ・オリンピックでは、ゴルフで四位入賞を果たした。

上流階級の出身にしては汗水垂らして働くのを厭(いと)わなかったが、テイラーは職場では孤立していた。労働者を効率よく働かせようと励ましても、白眼視されるだけだった。感受性の強いテイラーは深く傷ついた。「誰にとっても耐え難い生活だっただろう。一日中顔を突き合わせていても、彼らの顔には敵意しか見出せなかった」と彼は告白している。

テイラーがそれまで誰も考えつかなかった問題に気づいたのは、研究休暇の間だった。単純作業の所要時間に大きなばらつきがあるのだ。たとえば、シャベルで砂をすくう作業を例にとると、労働者はそれぞれ異なる道具を使って、自分のやり方で自分のペースで作業している。同じ作業なのに均一性が見られない。ある労働者は他の労働者より多くの砂をすくっているが、名目上は同じ作業で、報酬も同じだから、すくう砂の量はほぼ同じであってしかるべきだろう。

さらに、テイラーが気づいたのは、労働者はいちばん作業の遅い同僚にペースを合わせる傾向があるという事実だった。大量の砂をすくう能力のある労働者は、同僚に見せつけていると思われるのを恐れて、意欲的なペースで作業しようとしない。テイラーはこれを怠業(ソルジャーリング)と呼んで、どこでも見られる現象だと言った。

ソルジャーリングは先延ばしに似ている。ソルジャーリングが総力を低下させるように、先延ばしは自分の力を発揮できないからだ。ソルジャーリングをする労働者は「精神的なのろま」だとテイラーが辛辣に批判しているのを読むと、私は自分が非難されているような気がしてならない。振り返ってみると、私はこれまでついた仕事の大半でソルジャーリングをしてきたから、いっそ兵士（ソルジャー）の戦闘服を着ればよかったかもしれない。ハイスクール時代に食料品店でアルバイトしたときは、リンゴをせっせと積み上げると、悪い前例をつくることになると思っていた。大学時代にリフォーム業者の下働きをしたときは、瓦礫（がれき）を運び出せば出すほど、その分よけいに手押し車で運ばされる羽目になると気づいた。

「スピーディ・テイラー」はこうした現状に愕然としたにちがいない。だが、彼が言ったとおり、ソルジャーリングはどこでも見られる現象だった。上司に逆らう、のらりくらりとかわす、してはいけないとわかっていることをわざとやる（それ以上に、しなければならないことをしない）といった現象は、たいていの職場で見られる。労働者が経営者をひそかに軽蔑していればなおさらだろう。場合によっては、ソルジャーリングは英雄的行為、すなわち、一種の抵抗である。アメリカ南部では、アフリカ系の労働者たちが、奴隷制度に真正面から立ち向かうかわりに、足を引きずってのろのろ動くことで作業を中断したり遅らせたりした。わざと毒を仰ぐ奴隷もいたという。

晩期資本主義や消費主義に対する過激な反発も一種の抵抗である。シチュアショニスト運動の主導者だったギー・ドゥボールは、一九五三年に学術雑誌や著書ではなく、パリのセーヌ通りの壁に「ネ・トラバイエ・ジャメ（決して働くな）」と書いたことで有名だ。

実際、ドゥボールは生涯働かなかった。彼の伝記を調べて知ったのだが、最初の妻は「競走馬のための占星術を書いて」、一時期彼を扶養していたそうだ。将来性のある仕事とは思えないが、働くことに反対なら、キャリアアップなどどうでもいいのだろう。

ドゥボールにとって、働かないのは単なる怠惰ではなかった。体制に対する攻撃と彼は考えていた（彼の初期の著作『回想録』はサンドペーパーで装丁されていて、書棚に並べるとそばの本を傷つける仕組みだった）。ドゥボールやシチュアシォニストたちを過激な時代の時代錯誤的存在と決めつけることもできるだろう。だが、現代の資本主義者の中にも彼らのような人間はいる。目的もなく都市をさまよい、義務を無視して、ゆきあたりばったりの出会いに身を任せる人間は、シチュアシォニストの末裔（まつえい）だ。ほかにもいろいろありそうだ。偶然の出会いに飛びつく、好奇心の赴くままにふるまう、時間を浪費する、ネットサーフィンに午後の時間を費やす人も彼らの末裔と言えるだろう。

⌛

作業研究には厳密な分析が必要だというテイラーの主張は、当時の知識人に真摯に受け止められた。のちに最高裁判事となったルイス・ブランダイスはテイラーの熱心な支持者で、一九一〇年に「科学的管理法」という言葉を提唱して、テイラーだけでなく動作研究のパイオニアであるフランクとリリアンのギルブレス夫妻の研究を紹介している。ギルブレス夫妻は厳密な分析を子供の養育にも適用した。夫妻が十二人の子供を育てた厳格な管理法は、息子のフランク・ジュニアと娘のアーネスティンが一九四八年に発刊した『一ダースなら安くなる――あるマネジメント・パイオニアの生涯』に描かれており、その後、映画にもなった。

テイラーが厳密な分析を痛感するに至った事情は、一九〇三年に発表された論文「工場管理法（*Shop Management*）」に記されている。労働者は自ら有能な働きぶりを示すことはなく（彼らは「精神的にのろま」で「生来、怠け者」だから）、管理者（マネジャー）があらゆる作業に関して標準化された最適な技術と速度を指示しなければならない。どんな仕事にも「唯一最善の方法」――これはテイラー主義および作業効率を象徴する言葉とされている――があり、それを発見して労働者に課すのはマネジャーの務めである。

ミッドベール・スチールの機械工場で働いていたとき、テイラーは機関車のタイヤをつくるためにベルト駆動の巨大な機械が鋼鉄を裁断する工程を観察した。そして、その工程を工具の形状、機械の設定速度、金属の種類といった複数の変数で表わし、定量化して計算尺上で示すことのできる方程式を考案した。さらには、機械と同じ効率を操作する人間にも求めた。テイラーはこれを崇高な使命と考え、科学的手法を用いて労働者を啓蒙し、彼らに機会を提供する卓見の持ち主だと自任していた。

だが、実際には、彼の分析は必ずしも科学的ではなかった。一八九八年に採用されたベスレヘム・スチール社で、テイラーは銑鉄の最適積載速度を算出するために「一二人の屈強なハンガリア人」を選び、一六・五トンの銑鉄をできるだけ速く運ぶよう命じた。一四分かかった。テイラーはこの数字を微調整して、「重労働の法則」と称する規則をつくり、仕事と休憩の理想的な割合を算定した（ヒント：前者が多く、後者は少ない）。それをさらに調整して、テイラーは適切なモチベーションのある労働者、言い換えれば、常に監視されている労働者は、一日に七一トンの銑鉄を運ぶことができるという結論に達した。

科学的といってもこの程度のものだったが、「科学的」という言葉の効果は絶大だった。ベスレヘム・スチールでは、この数字を新たな基準として採用した。インセンティブを与えるために、テイラーは基準に達した労働者の賃金を引き上げた。このシステムに従わない労働者は解雇された。

ウォータータウン兵器庫に話を戻そう。ここで働いていたのは大半がアメリカに渡ってきたばかりの移民だったが、管理を強化するテイラーと助手たちに反発し、やがて不満が工場全体に広がった。軍需工場だったことも労働者を強気にした。国防に貢献している労働者に対する侮辱であり、愛国心に対する脅威だというのである。機械工たちはストライキを決行し、テイラーのやり方は「政府のために常に最善の努力をしている我々には屈辱的であり、非アメリカ的だ」と主張する嘆願書を提出した。

結局、ストライキは一週間で終結したが、テイラーの指示に逆らって解雇された労働者は復職した。合衆国下院の労働委員会が調査に乗り出し、テイラーは科学的管理法の利点を説明した。しかし、労働委員会を納得させることはできなかった。

「躊躇(ちゅうちょ)なく断言します」テイラーは委員会で述べた。「銑鉄を扱う科学的方法は非常に優れたものなので……銑鉄を扱う身体的能力があり、かつ、それを職業に選ぶほど無気力で愚かな人間にはまず理解できないでしょう」

テイラーが自分の定めた標準時間に従わない労働者を「歌うことができるのに歌おうとしない鳥」に喩(たと)えると、ある下院議員が怒りを爆発させた。「我々が対象にしているのは馬や鳥ではなく人間であり、社会は構成員である人間の利益を守るためにあるのだ」

この調査の結果、工場で労働者を管理するためのストップウオッチの使用が禁止された。

しかし、下院で認められなかったにもかかわらず、テイラーの提唱は定着した。ウォータータウン兵器庫でストライキが起こったのと同じ年にテイラーは『科学的管理法の原理』を出版したが、この本は二〇世紀前半で最もよく売れたビジネス書となった。今日、世界中の空港のキオスクに並んでいるビジネスで成功をおさめる指南書の先駆けと言えるだろう。ピーター・ドラッカーは「合衆国憲法の批准促進のために書かれたフェデラル・ペーパーズ以来、アメリカが西洋思想におよぼした最も強大かつ持続的な貢献」と絶賛している。そして、フロイト、ダーウィンとならんで、テイラーを近代世界に絶大な影響力を与えた三大思想家のひとりと位置づけた。

実際、そのとおりだった。テイラーの影響を受けたヘンリー・フォードは、ライン生産方式を考案した。テイラー自身、最終的には自分の思想を「精神的革命」と称している。さらに、彼の影響はムッソリーニやレーニンといった国家指導者にも及んでいる。ワイマール共和国のラツィオナリズィールンク（合理化）は、テイラー主義の効率と秩序を経済の基礎にしている。三菱をはじめ日本の企業は、一九二〇年代にテイラー主義を採用し、その後もテイラーに対する称賛を惜しまなかった。一九六〇年代にテイラーの息子が訪日したときには、東芝の重役たちが写真かなんらかの記念品——鉛筆でもいいから、この偉大な人物の手に触れたもの——をもらいたいと彼に頼んだという。

⌛

歴史上の出来事を現在にそっくり当てはめることはできないが、テイラーの影響が現代人の仕事や時間、生産性に対する考え方に影響を与えているのは間違いない。「計画的に時間配分せよ」という教えは、時間を経済的観点から考えて、管理、集結、配備すべき資源と見なしている（時間に関する表現が、お金に関する表現と共通しているのは注目に値するだろう。すなわち、私たちは時間を費やし、浪費し、節約し、失う）。「時は金なり」という古い格言は、テイラーの哲学を端的に表わしている。

生産性や効率に関するテイラーの教えは、現代人の個人ならびに職業人としての生活――この二つを厳密に分けることはできないが――に深く浸透している。常に時計を気にして、時間が足りないと嘆き、同時進行で複数の仕事をこなし、備忘録をつけ、スマートフォンの着信音に急き立てられて雑用を次々とすませていく私たちは、テイラー主義という遺産を受け継いでいるのである。

批評家のルイ・メナンドは、「ベスト・プラクティス」すなわち、一定の成果を得るための最も効率的な方法が、ビジネスの世界だけでなく個人の生き方にも適用されるようになってきたと書いている。その結果、私たちは個人としての生き方と関係なく自分の能力を理想化する。そして、それに基づいて自己評価するから、当然ながら合格点には達しない。

個人としての生活と職業人としての生活の区分が曖昧になったのは、少なくとも自己啓発本が世に出てからである。元祖自己啓発本は、サミュエル・スマイルズの『自助論』だが、この本には全精力を仕事に傾ける職業人の生き方が描かれている。スマイルズの本についてメナンドはこう語った。「『自助論』に挙げられた模範例の際立った特徴は、自分のすべてを仕事に注ぎ込むことだ。公私の区別はない。個人の繁栄イコール仕事の成功であり、それがこのジャンルの本の定番となった。仕事の成功の秘訣は、すなわち人生の成功の秘訣なのである」。言うまでもなく、こうした秘訣のひとつは、時間を貴重な資源として最大限に生かすことだ。したがって、時間との関係において機能不全である先延ばしは、成功の大きな障害となる。自滅的な人間は時間を有効に活用できない。時間を節約したり、賢く費やしたり、計画的に配分したりできない。時間をつぶしてしまうのである。

⌛

私はテイラーの著書を読んで、最初、権威主義で、データ重視の内容に反発を覚えた。だが、読み進んでいくうちに、「スピーディ・テイラー」のストップウオッチに魅力を感じるようになった。優柔不断に悩んだ経験のある人なら、どうすればいいか誰かに決めてもらいたいと思ったことがあるはずだ。私は長年にわたって先延ばしし、迷ったあげく、結局、なにもしなかった人間だから、いっそ誰かがストップウオッチ片手ににらみをきかせてくれたらと思うときがある。

　もちろん、こう思うのは、実際にストップウオッチ片手に物陰に潜んで監視している現場監督に指図された経験がないからだろう。現実にそうなったら、私もテイラーの工場の労働者のように、ストライキを起こしたにちがいない。スケジュールの押しつけは選択の自由を奪う。したがって、それに逆らうのは——つまり、先に延ばすのは——英雄的とまでは言わなくても、きわめて人間的な反応である。

　ブルース・ベレスフォード監督の映画「ブラック・ローブ」に、北米のフランス植民地で布教していたイエズス会の神父が、「キャプテン・クロック」つまり時計に従うようにとヒューロン族の生徒たちを諭すシーンがある。時計のチャイムに合わせて、勉強や食事や祈りの時間を守るようにというわけだ。チャイムを聞いたヒューロン族の子供が興奮して叫ぶシーンがある。「キャプテン・クロックが話してる!」。子供たちが興奮したのは、時計の文字盤には神の意志を示す役割があると神父たちから教え込まれていたからだ。

　現代では、この役割はほかのデバイスに取って代わられた。歩いた距離を記録するフィットビット、消費カロリーを計算するアプリケーション。私たちにあれこれ指示するアラームや着信音は、テイラーの標準化プログラムのアップデートバージョンと言っていいだろう。キャプテン・クロックは、私たちにも話しかけているのだ。

いつの頃からか、私は自分の仕事ぶりが心配になった。もっとも、私の場合、仕事ぶりといっても、なかなか仕事に取りかかれないことを意味するわけだが。テイラーが見たら、さぞ軽蔑するだろうと我ながら思うことがある。コーヒーを淹れたり、メールを打ったり、ウィキペディアのジャズ・ベーシストのエントリーを読んだりしていると、あっというまに時間が経ってしまう。

毎朝、今日こそはと思って一日を始めるのだが、ほぼ毎日、集中できなかったり、やる気が起きなかったり、どこかで脱線してしまったりする。なんとなく時間が過ぎてしまう日もある。細切れの時間が隙間からこぼれ落ちていくようだ。この悪習を断ち切る方法はないものだろうか?

これは私だけの悩みではない。まるでどこかに穴でも空いているのかと思うほど、時間がどんどん消えていくという人は少なくない。よく耳にするのは、しなければならないことが多すぎて慢性的に時間が足りないという悩みだ。容赦なく私たちの時間を要求する子供たち、シミのようにじわじわ広がる仕事等々。昔は午前九時にタイムレコーダーを押し午後五時まで働けばよかったし、男は仕事、女は家事・育児と役割分担が決まっていた。しかし、今は四六時中メール攻撃にさらされ、ベッドに入ってうとうとしかけても上司のメールで起こされたりする。

ＩＴ革命のおかげで、昔とくらべると格段に速く簡単に仕事ができるようになったと言われている。たしかにそうだが、テクノロジーには気をそらす一面もある。あなたにも経験があるだろう。あなたはコーヒー片手に夜の間に届いたメールをチェックしている。受信トレイは常に空っぽにしておかなくては。誰かが興味深いサイトを紹介してくれていた。そのサイトを開くと、すぐまた別のサイトが見たくなった。最初のサイトは多少なりとも仕事と関係があったが、次のサイトは純然たる気晴らしで、だからこそ、のぞかずにいられない。こうして次から次へと餌に食いついていく。常に扇情的な見出しにぶつかるから（「一六人のセレブの必見ヨガパンツ姿」）、ついクリックしてしまう。

一息入れたくなったときは、なぜか昼になっている。

午後はネットサーフィンの疲れが出て、けだるくてなにもする気になれない。かつて七つの大罪のひとつとされた無気力（アケーディア）に陥ってしまったのだろうか。何事にも関心が持てない。没入型テクノロジーにはまったツケが回ってきたのである。

あるとき、私の愚痴を聞いた友人のローラが、私を苦境から救い出すためにノートパソコンの設定を変えてくれることになった。ローラは私と違って生産的な人物だから、私は喜んで言うがままになった。まず、メールが届くたびに着信音が鳴らない設定にしてくれた。それなら、気が散らないだろうから。だが、実際には、期待したほどの効果はなかった。人生の危機と呼びたいほどの悩みは軽減したが、代わりにインターフェイス問題が生じたのだ。そもそも、パソコンの設定を変えたぐらいで、悩みを解消して自信を取り戻せるだろうか？重度の不眠症患者に寝る前に温かいミルクを一杯飲むように勧めるようなものではないか。

私がちゃんと仕事ができるようにとローラは時間がわかる設定にもしてくれた。半時間ごとに、スティーヴン・ホーキング博士が使っていた音声発生装置のような声が時間を教えてくれるのだ。「一時です」と合成音声が告げる。そして、数分後としか思えないうちに「二時半です」と告げられる。その間に私がしたことといえば、ネットで愛らしいコーギー犬の写真を眺めただけなのに。結局のところ、こうした自動的警告の狙いは明らかだ。「また一日を無駄にした。おまえはだめなやつだ」。かくして、私は子供の頃の週末の苦しみを毎日味わわされるはめになった。日曜の午後があっというまに夜になり、次の週末を待つ楽しみは薄れ、気が滅入るような学校の宿題が目の前に立ちふさがっている。あの苦しみである。合成音声を聞いてやる気を出すどころか、パソコンを窓から投げ捨てたくなった。

同じ頃、フィットビットを使って、毎日どれだけ歩いたか、どれだけカロリーを消費したかを記録して、生活を管理しようと思い立った。いいアイデアに思えたのだが、なぜか妻も同じことを考えていて、夫婦で相手より一歩でも多く歩こうと競い合うようになった。毎日、私は歩く距離を延ばしたが、当然ながら、妻もそうするから、なかなか勝つことができない。私はもっと歩かなければという思いに取り憑かれた。こうなったらウォーキング戦争だ。負けるかもしれないという不安から、互いにどんどんエスカレートしていった。私は一日中くたくたになるまで歩き続け、仕事どころかなにもする時間がなくなった。それでも、そのときはフィットビットの歩数計を示して、妻を悔しがらせるのがなによりも重要なことに思えた。ほかのことは後回しにするしかない。それよりも、少しでも遠くまで歩かなければならない、と。

フィットビットの助けを借りてテイラーのような規律正しい毎日をめざしたのに、現実には先延ばし癖に拍車をかける結果となった。皮肉な話である。だが、正直なところ、フィットビットにそれほど期待していたわけではないし、無論、フィットビットのせいにするつもりもない。私の場合、先延ばしすると決めたら、その衝動を正当化するためにどんなデバイスも必要としないからだ。要するに、ほかの無数の同志と同様、私は筋金入りの自発的先延ばし人間なのである。

そういう人間にとって、現在のデジタル社会で、アラームやポップアップの合図で、しなければならないことを思い出すのは試練以外の何物でもない。だが、こうした合図を拡大意志と称して、自分を駆り立てる戦略として使っている人たちもいる。心理的なものでは、望ましい活動と望ましくない活動を一組にして考えるという戦略がある。いくら稼げるか考えて、オフィスでの退屈な時間を乗り切るといったものだ。環境的な戦略もある。その行動に滑り落とす「シュート」を準備しておくのである。たとえば、朝一番にランニングするために前の晩のうちに必要なものをそろえておくといったように。

拡大意志が必要となる理由は明らかだ。自分の意志だけでは十分ではないからだ。意志力は一時期のように話題にされなくなったが、その一因は社会学の研究によって人間の自制力の弱さが検証されたことだろう（現在のアメリカの学界では、なにを研究すれば他より多くご褒美のマシュマロがもらえるかばかり考えているように思える。マシュマロ工業団地と呼びたいほどだ）。

意志力でやるべきことをやるように自分を仕向けられたら気分がいいだろう。だが、意志力にはいくつか問題があるのがわかってきた。心理学者のロイ・バウマイスターによれば、意志力は筋肉のようなもので、定期的に使っていないと萎縮してしまうそうだ。だから、必要となったとき機能してくれるとはかぎらない。それでは、自由意志はどうだろう？ 他人の自由意志が私の自由意志と対立した場合、私の自由意志は阻止されるのだろうか？ その場合、私の意志は、そんなつもりはなくても、彼らの自由意志と衝突するだろう。つまり、結局のところ、誰も望んだことを実行できないわけである。

⌛

イタリア半島の都市の塔の上に公共の時計が設置されたのは、一三〇〇年代に入ってからだ。権力、威信、貿易、富をめぐって激しい戦いを展開していた新興都市国家間の競争の産物だった。ほかの都市国家より目立つために時計は不可欠であり、それも大きな時計で、鐘の音が遠くまで鳴り響くほど望ましかった。都市国家は競い合って、威圧的な時計台をつくろうとした。現在でも、少なくとも六都市が「イタリアでいちばん美しい時計」があると主張している。

時を告げるこの新たなテクノロジーは、経営者の目的にもかなっていた。一四世紀のイタリアでは、事業主が従業員の仕事ぶりを管理するために時計を配置した。マッジョーレ湖に近い採石場では、隣接する果樹園から漂ってくるレモンの香りの中でミラノの大聖堂のために大理石を切り出していたが、ここにも一四一八年に時計が設置された。こうした従業員管理以外にも、時計は修道院で祈りの時間を告げたり、新興商人階級の生活を律したりするために使われた。

時計が人間の価値を決めるようになったのもこの頃だった。高くそびえる時計台は、時間に対する考え方を変え、時間配分の大切さを教えた。シエナのカンポ広場にあるマンジャの塔は、「収入食い」あるいは「時間食い」という意味のマンジャグァダーニという鐘つき男の綽名にちなんで命名されたと言われている。訓話によると、マンジャグァダーニは放蕩がすぎて解雇され、鐘つき男に代わって真鍮（しんちゅう）製の鐘つき機が導入されたという。つまり、彼は機械化された高い生産性の名のもとに失職した歴史上で最初の労働者ということになる。

ウォータータウン兵器庫で労働者たちが不満を募らせたように、時刻表やスケジュールどおりに動くためには、ある程度、個性や人間性を犠牲にしなければならない。だが、私たちは世の中を渡っていくには妥協が必要になる時もあることを知っている。なにをするか、なにを先延ばしするか、なにを計画するか――こうしたことでどういう人間かが決まる。たとえ自分ではそうしたり、しなかったりする理由がよくわからないとしても。

時計台の鐘がイタリア全土に鳴り響くようになってから数十年後、あの納期破りの先延ばし人間、レオナルド・ダ・ヴィンチが完璧に均整のとれた人体を描こうとして、「ウィトルウィウス的人体図」を素描した。彼の描く理想的な男性は、円の中に描かれ、両腕を広げている。その姿はなによりも時計に似ている。

6章 種を蒔く

> クラース・メリオル・エスト(明日はもっといい日)
>
> リヒテンベルク協会のモットー

一七六〇年頃、ドイツのニーダーザクセン州ゲッティンゲンの町を散策する人たちは、ゴトマルシュトラーセにある木骨造りの家の最上階から通りを見おろしている男をよく見かけた。ゲオルク・クリストフ・リヒテンベルク、啓蒙時代のヨーロッパを代表する知識人のひとりである。

一七六〇年代にゲッティンゲン大学の科学の名物教授だったリヒテンベルクは、今で言うならグローバルに活躍する著名人で、ゲーテ、カント、アレッサンドロ・ボルタとも親交があり、科学実験の実演をする彼の講演にはヨーロッパ中から学生や信奉者が集まった。当時の英国王とも親しい間柄だった。もし啓蒙時代に「テッド・トーク」があったら、リヒテンベルクベルクは当時の男性が用いた鬘(かつら)の上にワイヤレス・ヘッドセットをつけて、ステージを歩き回りながら熱弁をふるったことだろう。

リヒテンベルクは小柄で猫背だったが、まるでロックスターのような存在だった。講演会場は彼を見ようとはるばるゲッティンゲンを訪ねてきた聴衆で満員になった。大学がリヒテンベルクを雇ったのは彼の才能のためだけでなく、カリスマ科学者、ショーマンとしての彼の評判が優秀な学者を集める誘因になったからだった。

リヒテンベルクは常にあふれ出るほどのアイデアと熱意を抱いていた。だが、「あふれ出るほど」が問題だった。ひとつのことに集中できなかったようだ。あるいは、集中することに関心がなかったのかもしれない。そのせいで、何度も革新的な発見の基礎を築きながら、発見は他人にゆだねる結果になった。一例を挙げるなら、リヒテンベルクはモンゴルフィエ兄弟が熱気球の有人飛行に成功する何年も前に熱気球の科学実験を行なっていた。だが、彼自身は熱気球に乗ることはなかった。

ヘンリー・フィールディングの『トム・ジョーンズ』のような小説を書く、とたびたび口にしてもいた。だが、時間がなかったのだろう。講義もしなければならないし、手紙の返事も書かなければいけないし、散歩もしなければならなかった。五六歳で亡くなったとき、小説は冒頭の数ページしか書かれていなかった。

リヒテンベルクはあれもこれもと手を広げるタイプだった。広範囲にわたる知的好奇心は彼の魅力であり、才能でもあった。講義の内容は天文学、数学、測地学、火山学、気象学、実験物理学に及んだ。イギリスの画家ウィリアム・ホガースの版画を詳細に分析した美術評論も書いている。現代なら心理学と呼ばれる分野に関するショートエッセイも書いた。リヒテンベルク自身、手を広げすぎて目の前の課題にじっくり取り組めないことにいらだっていたようだ。日記にこんな一文がある。「モンゴルフィエ兄弟の発明は私にも手の届くところにあったのに」。おそらく、無念さに歯噛みしていたのだろう。

リヒテンベルクの先延ばし癖は、彼が残した業績からもうかがえる。静電気学の発見は、ある日、実験を中断して、実験室の器具をかたづけようとしたときに、つまり、先延ばし人間ならよくわかる課題回避の結果として生まれた。リヒテンテベルクは直径二メートル近い大きな電気盆（金属の円盤）を用意した。友人のアレッサンドロ・ボルタが普及させた装置で、静電誘導で静電気を生成する装置である。おそらく、実験を先延ばしする理由――どんな理由でもいいから――がほしかったのだろう。実験室の器具をあちこち移動させていたとき、円盤の上の塵（ちり）が一ヵ所に集まっているのに気づいた。「まるで一ヵ所に集まった星のように」とリヒテンベルクは書き残している。円盤から塵を払っても、また集まって同じ現象が起きた。電気を蓄えてあるライデン瓶から放電すると、スピログラフで描いたような幾何学模様ができた。リヒテンベルクはこの模様を円盤から紙に複写できることを発見した。偶然、静電印刷の仕組みを発見したのである。リヒテンベルクは模様の上に粉を振りかけるという方法を考え出した。こうして、画家のように、視覚的に美しい図形をつくり出した。そして、それにガラスをかぶせて保存した。そのいくつかが現在も残っているが、ガレージセールで一ドル以下と書いた箱の中で見つけるような代物である。ちょっとしたプレゼントにはなりそうだ。リヒテンベルクの発明を発展させて、チェスター・カールソンがゼログラフィ（静電写真）を発明したのは、それから二世紀近くを経た一九三八年になってからだった。

エネルギーをひとつのことに集中できない癖――ここでは思い切って先延ばし癖と呼ぶことにしよう――のせいで、リヒテンベルクは科学史に大きな足跡を残すことができなかったのだろう。実際、リヒテンベルクが今日まで名を残しているのは、科学者としてではなく警句家としてである。一七六五年から一七九九年まで三四年間、彼は気づいたことや目についたもの、警句、自分に敵対的な評論家の酷評（「評論を書くときはいつも、やたらに勃起していたと聞いたことがある」）などを、英語の「控え帖（ウェイスト・ブック）」をドイツ語にしたＳｈｄｅｌｂüｃｈｅｒ（ズーデルブーフ）に書き留めた。一八世紀の商習慣では、取引をいったん控え帖に書き留めておいて、あとで丈夫な台帳に書き写していた。リヒテンベルクは何冊もの控え帖に思いついたことや断片的な考えやメモを書きつけていった。出版するつもりはなかった。しかし、現在、彼はこの控え帖の作者として名を知られている。死後に出版された『控え帖』に記された機知に富む文章のおかげで、後世に名を残したわけだ。『控え帖』はスーザン・ソンタグをはじめとするエッセイストや、ルートヴィヒ・ウィトゲンシュタインといった哲学者に影響を与えたと言われている。現に、ウィトゲンシュタインはリヒテンベルク流の警句を残している。また、ニーチェ、キルケゴール、ショーペンハウアーも『控え帖』の言葉をたびたび引用している。

その一方で、存命中に出版されて当時リヒテンベルクを有名にした作品——科学、旅行記、美術評論——は、今ではほとんど忘れ去られた。

おそらく、警句はリヒテンベルクに向いていたのだろう。先延ばし人間にとって、警句は理想的だからだ。一瞬のひらめきを言葉にして、推敲(すいこう)を加えたり、発展させたり、検討したりする必要がない。警句家にとって、推敲はすべてを台なしにするだけだ。実際、リヒテンベルクと同様に警句を好んだウィトゲンシュタインも、検討は認識の美を損なうだけと言っている。証拠を挙げて洞察を裏づけようとするのは、泥だらけの手で花を汚すようなものだというのである。そのままにしておいたほうがずっといい。

リヒテンベルクは勤勉だったが、勤勉家に見られるのを嫌っていた。功績を残すことに関心がなかったわけではないだろうが、一定のスタイルを必要としていた。おそらく、彼がめざしていたのは、知的スプレッツァトゥーラ（計算された無造作）だったのだろう。努力を前面に出さないさりげなさが理想だったにちがいない。だから、功績をひけらかすようなことはなかった。

ウィトゲンシュタインもそうだったが、リヒテンベルクは自分の仕事を園芸に喩えた。『控え帖』に書き留めたことは種で、「ふさわしい土に落ちたら、大著に育ち、学術論文にもなるだろう」と言った。植物の種のように、小さくても豊かな可能性を秘めている。生み出す潜在力がある。『控え帖』自体は、本人も認めているように、さほど意義深いものではなかったかもしれないが、そこには大きな意義が蓄えられていた。

考えてみれば、リヒテンベルクの一生はパラドックスだ。いろいろなことに手を出して、がんばるべきところでぐずぐずした。しかし、出版する価値がないと本人が思っていたものが後世に残り、大きな影響を及ぼした。種が芽吹いたのである。

おとぎ話では、種は豆の木になり、魔法のように雲の上まで伸びていった。豆の木は危険につながっていたが、宝物にもつながっていた。種が喩えに使われるときは、個人の道徳的選択とその結果を表わしている場合が多い。アーサー・ミラーの戯曲『セールスマンの死』の主人公ウィリー・ローマンの（高層ビルに囲まれて）日の当たらなくなった庭は、彼の絶望の象徴だった。旧約聖書に登場するオナンは、種（精液）を地にこぼしたことを一族に対する裏切り行為と断罪された。彼の一族の繁栄はオナンやほかの男たちの生殖能力にかかっていたからだ。そうした状況で、無責任に種をこぼすことは罪であり、先延ばしと同様、厳しく糾弾されたのである。

リヒテンベルクは自分の先延ばし癖を嘆いていたが、同時に、それが自分に必要だと知っていた。彼は生涯を通して病気がちだった。少なくとも、本人は病気だと思っていた。「心気症のコロンブス」と呼ばれたこともある。リヒテンベルクはこう書いている。「私はよく何時間もぶっつづけで、ありとあらゆる楽しいことを空想して過ごす。多忙をきわめていると周囲から思われているときに、そんな過ごし方をする。時間の浪費という点では、よくないとわかっていた」。しかし、必要な時間だった。彼はこうした時間を「空想療法」と称して、温泉や保養所に行くのと同じ効果があると言った。

リヒテンベルクは先延ばし人間だったが、しなければならないことをする代わりにすばらしいことをやってのけた。非凡な能力をばらまいたのである。それこそが後世に残された種だった。

⌛

一八世紀の一時期、ドイツとイングランドの間には密接な交流があり、ドイツの知識人がイングランドを訪れ、イングランドからは領主の子弟が大陸に勉強に出かけた。一九世紀には、ハノーバー・イングリッシュと呼ばれる独特の英語がゲッティンゲンでよく使われていたそうだ。現在、世界のほとんどの国で、空港からハイアットホテルまで至るところで話されているグローバル・イングリッシュの先駆けである。

ゲッティンゲンに住むリヒテンベルクのもとにも若い英国貴族が学びにきて、彼に心酔するあまり、イングランドに招いて、時の国王ジョージ三世に謁見させた。ジョージ三世の祖先がハノーバーだったこともあり、国王はリヒテンベルクを気に入ったようだ。ドイツ語で話せるし、宮廷にアカデミックな雰囲気を醸し出せたからだろう。いっしょにリッチモンドの天文台を訪れたこともあった。国王は「博士(ヘル・プロフェソア)」と話すのを楽しみにしていて、ふらりと彼の下宿を訪ねたこともあったという。

ゲッティンゲンのリヒテンベルクの家を訪ね、地元の人から話を聞こうと決心してから、私はドイツ語が話せないことを思い出した。そこで、まずドイツ語を習うために暫定計画を立てた。暫定計画とは、ドイツ語の先生を探さなければならないが、できれば小遣い稼ぎに教えてくれる大学生がいいだろうと、しばらく自分に言い聞かせることだった。だが、実際にはドイツ語の先生を探そうとしなかった。その代わりに、第二言語を習得すれば精神衛生上どんな利点があるか、インターネットであれこれ検索した。ひとつ読むとまた似たようなサイトをのぞくことになり、アメリカの言語教育の恥ずべき遅れを暴露した記述をあれこれ読んだあげく、アメリカ人の歴史的な外国語嫌いに関するエッセイを見つけた（一九二〇年代の一時期、ネブラスカ州では外国語教育を違法とする法律があったらしい）。読めば読むほど、同胞アメリカ人の無知蒙昧（もうまい）ぶりに呆（あき）れたが、私がこういう記事を読んでいるのは、言うまでもなく、ドイツ語を習うのを避けるためだった。先延ばし人間が得意とする戦術である。外国語を習う必要性を研究している間は、外国語を習わずにすむわけだから。

だが、結局ドイツ語を勉強しなかったせいで、ドイツに短期滞在していた間、まるで外界から遮断された殻の中にいるようだった。フランクフルトからゲッティンゲンまで乗った列車の車内放送に耳をすませても、ちんぷんかんぷん。理解できないと、妄想が広がるものだ。ドイツ語には一種独特の響きがあって——もちろん、ドイツ語を非難するつもりはないが——私はひっきりなしに怒鳴られ、叱責されているような錯覚に陥った。駅の放送は、うっかりなにか罪を犯してしまった私を逮捕するという通告に聞こえた。

車内では、誰からも話しかけられないことを祈っていた。車掌からも、検札係からも、プレッツェル売りからも。会話を交わす準備ができていなかったからだ。列車に乗っている間中、英独および独英日常会話集のページを繰って過ごした。いざというとき、「私はアメリカ人です、いちばん近いトイレはどこですか?」と訊けるように。

車窓には歴史を感じさせる田園風景が続き、ところどころに本物の城が見えた。ノスタルジックな風景を眺めていると、ふとどこにいるのかわからなくなってきた。アメリカの通勤列車より格段に速く、未来型のスマートな列車は、どんどん過去にさかのぼっていくようで、傲慢公と呼ばれたバイエルン公やオットー大帝、名前も忘れられたカロリング朝の人物が身近に感じられた。

ゲッティンゲンは古い町である。古い建物といえば二〇世紀半ばから取り残されているショッピングモールしか思い浮かばないアメリカの中西部出身の私から見れば、ゲッティンゲンは神話の中のトロイアだ。第二次世界大戦中、連合軍の爆撃を免れたおかげで、一三〇〇年代に建てられた家や公会堂が今でも残っている。町を取り囲んでいた城壁の一部も残っていて、地元の人がビールを飲んだり、通行人ににらみをきかせたりする格好の場所となっている。この由緒ある町の至るところで自転車に乗ったハンサムな大学生を見かけるのも、魅力のひとつだろう。少なくとも、私はそう思った。だが、リヒテンベルクはゲッティンゲンを「むさくるしい穴倉」と呼んでいる。長年住んでいると、この街のよさがわからなかったのかもしれない。リヒテンベルクは親友のアレッサンドロ・ボルタのいるイタリアに住みたいとよく口にしていたが、結局、移住することはなかった。きっと、イタリア語が話せないから気後れしたのだろう。

リヒテンベルクのゲッティンゲンに対する貢献はやがて認められ、現在では町のあちこちに記念碑が建てられている。一七三四年に建てられた大学図書館のそばには、ベンチに腰かけて学生と話し合っているようなリヒテンベルクの像がある。ウィリアム・F・バックリー・ジュニアのように脚を組み、ポニーテールの鬘に覆われて猫背はほとんど目立たない。聖ヨハネス教会の裏にも一五〇センチそこそこの等身大の立像があるが、こちらも背中は曲がっていない。小柄だったリヒテンベルクは、食事をするときテーブルに手が届くように、椅子の上に本を積んで座ったと言われている。

ゲッティンゲンは科学者を敬愛する町、少なくとも、現在はそうだ。しかし、一九三〇年代には、ナチスがゲッティンゲン大学をいかがわしい「ユダヤ人物理学」――数理航空力学といった分野はこの大学で創設された――の温床と決めつけて迫害したときには、学部の教授のほとんど全員がアメリカやイギリスに亡命を余儀なくされた。今日、多くの通り（シュトラーセ）に迫害された思想家の名前がつけられ、古い建物にはかつてどんな知識人が住んでいたかを示す銘板が掲げられている。

私のようにぎりぎりまで旅行の計画を立てない人間が困るのは、要するに、先延ばしの代償は、現地に着いてから、どこで誰と食事をしていいかわからないことである。事前に計画してておかないからだ。しかたなく、夕食をとるためにホテルの隣のイタリアンレストランにひとりで入って、バーコーナーとおぼしき場所で席についた。ところが、実は、そこはいわば補助的多目的ルームで、もっぱら厨房スタッフが休憩中に一服しにくる場所だった。私は勘違いに気づいたが、食堂に移りたいと頼むのも気が引けた。そのままひとりで食事をしていると、時折、厨房スタッフがタバコを吸いに来て私をじろりと見ると、なぜアメリカ人が休憩室で食事をしているのだろうと不思議そうな顔をした。その夜、私にいちばん友好的だったのは、支配人の知人が連れてきた気のよさそうな短足の雑種犬だった。支配人と知人が話をしている間、この犬は私のそばにいたので、アニメに出てくる犬の声色を使って話しかけたり、こっそり前菜のかけらを投げてやったりした。厨房スタッフは全員この犬をよく知っているようで、部屋に入ってくると、頭を撫(な)でたり、遊んでやったりしていた。微笑ましい光景だったが、ふと、雑種犬を撫でた手で私の料理をつくっているのだと気づいた。だが、案じることはないだろう。きっと、犬に癒やされた分、心を込めて料理したにちがいない。

滞在中、私はドイツ語を話す機会が一度もなかった。ろくろく話せないせいもあったが、話をしたドイツ人の大半が英語が上手だったからだ。朝、町の広場に立つ週市場(ヴォッヘマルクト)をぶらつきながら、私はできるだけ地元の人に話しかけようとした。リヒテンベルクのことが訊きたかったからだが、彼らはそれより作家のデイヴィッド・フォスター・ウォレスやアメリカの政治の話をしたがった。いずれもどんな言語を使ってもうまく説明できる話題ではなかった。

地元住人がリヒテンベルクを話題にしなかったのは、ある意味では当然だったかもしれない。リヒテンベルク自身、人間は観察対象で、つきあう対象ではないと考えていたようだ。ゲッティンゲンの自宅の窓から通りを眺めていても、知り合いの姿が見えると、双方が挨拶する煩わしさを感じずにすむように、急いで引っ込んだそうだ。イギリス滞在中も、社交場や玉突き場には足を踏み入れず、もっぱら大聖堂の塔のてっぺんから距離を置いて、「双眼鏡を使って」通り過ぎる人々を観察していたとウィリアム・ハーシェルに宛てた手紙に書いている。

リヒテンベルクの鋭い観察力は、彼の先延ばし癖と矛盾するものではなく、彼の二面性も矛盾するものではなかった。冷静で、他人と距離を保ち、何事も確約しなければ、行動を起こさずにすむ。リヒテンベルクの中にはロマンチストと科学者が共存していた。夢想家で、かつ経験主義者だった。リヒテンベルクが時としてなにをすべきかわからなくなったのも無理はないだろう。

同様に、私たちも相反する二つの特徴を備えている。「虎と仔羊」、「英雄と凡人」、「バットマンとブルース・ウェイン」だ(「心と体の問題」と題したロズ・チャストの漫画がある。男がカウチに寝そべっている。吹き出しで心が「起きろ」と言う。体は「いやだ」と言う)。

私たちが持っているさまざまな特質は、時として衝突を避けられない。そして、死闘を繰り広げている間は、先延ばしするしかないのだ。

⌛

リヒテンベルクが故郷ゲッティンゲンで有名なのは当然だが、ジョージア州アトランタから南に車で一時間ほどのところにある町、ニューナンで敬愛されているとは知らなかった。ニューナンにはリヒテンベルク協会の本部があり、同好の士が定期的に集まってリヒテンベルクと彼の先延ばし癖に敬意を表している。協会の設立者、デール・ライルズはニューナン在住、元教師で地元の市民劇団の指導者だ。

クラフトマン様式のライルズの家は、ニューナン郡庁舎広場から少し離れた閑静な通りにあった。広場に建てられているのはリヒテンベルクの像ではなく、南部ではどの州でも見られる南北戦争時代の南部同盟の兵士の像だ。ライルズの家の裏には、彼が数年前、オペラの作曲を依頼されていた時期につくった迷路がある。結局、オペラまで手が回らなかった。迷路や、炉を備えた木陰の多い庭づくりに熱中していたからだ。現在、シダの生い茂る涼しい庭は、春の宵、カクテル片手に過ごす格好の場所になっている。オペラは、あとでもいいだろう。

この裏庭で、数年前、ライルズはリヒテンベルク協会を結成した。近くに住む友人を数人招いて、冬至パーティを開いたときのことだった。パーティの名目はなんでもよかったのだろう。集まったのは作曲家、作家、アーティスト、俳優、道化役者といった想像力豊かな人たちだ。その十二月のパーティで、カクテルで勢いづいた彼らが、炉辺でいつものように芸術や哲学や文芸評論に関する白熱した議論を展開していたとき、誰かがリヒテンベルクの格言を引用した。「正反対のことをするのも模倣の一種である」と。ライルズはそのときまでリヒテンベルクを知らなかったが、この格言が気に入った。それで、ウィキペディアでリヒテンベルクのことを調べた。そして、リヒテンベルクが知的好奇心旺盛な人物で、好奇心の赴くままに次々とさまざまな分野に手を広げたことを知った。これこそライルズと仲間にぴったりの人物ではないか。次にこんな記述を見つけた。「リヒテンベルクは何事も先延ばしする傾向があった」。

ライルズたちは壮大なアイデアの持ち主だが、そのアイデアを実現したためしがなかったから、先延ばしに関しては全員一家言あった。先延ばしは彼らの弱みであり、密かな喜びでもあった。その夜、ライルズはリヒテンベルクに敬意を表する会を設立しようと思いついた。そして、仲間と詳細を取り決めた。役員を選出して不定期に会合を開く。設立趣意書を作成する。会合にカクテルは不可欠。

一週間と経たないうちに（先延ばし人間の集まりにしては、驚くほどのスピードで）、リヒテンベルク協会が結成され、モットーが採択された。クラース・メリオル・エスト。

明日はもっといい日。

最初の活動として、リヒテンベルクが『トム・ジョーンズ』風の小説を書こうとして実現できなかったことから、会員それぞれが艶笑的なピカレスク小説を数ページ書くことに決めた。数ページでいい。それ以上がんばりたい会員はいないはずだから。

⏳

意外にも、全員がちゃんと書いた。リヒテンベルク協会の初代格言家に選出されたマーク・ホニーは、フィールディング張りのジョージ王朝時代の華麗な文体をまねただけでなく、同姓同名のウェールズ出身のポップスター、トム・ジョーンズの代表曲「よくあることさ」の歌詞を採り入れて一章を書き上げた。

私はこの本のリサーチのために多くの人と会ったが、デール・ライルズほど寛大な先延ばし人間はいなかった。実に気のいい男なのだ。初めて電話をかけたとき、彼は引っ越してきたばかりの隣人のためにコーンフレーク・クランチを焼いているところだと言っていた。親切な人だと感心したが、実際に会ってみると、想像以上のもてなしぶりだった。自宅に招いてくれただけでなく、私のためにわざわざ会員を招集して、特別集会を開いてくれたのである。ライルズ家の裏庭にポータブルバーを組み立て、火を熾(おこ)して。会員はみんなもてなし上手だった。

リヒテンベルク協会の理念は、会員の創作活動の支援ならびに先延ばしの奨励である。この二つの目標は一見相容れないように思える。しかし、ここにリヒテンベルク協会ならではのロジックが働くのだ。たとえば、ライルズのみごとな迷路は、彼がオペラを作曲するはずだった時期につくられた。その後、児童文学者ナンシー・ウィラードの本『ウィリアム・ブレイク・インを訪ねて(*A Visit to William Blake's Inn*)』の舞台化の作曲を依頼されたとき、ライルズはその代わりに先延ばししていた例のオペラを書いた。そのオペラそのものはヒットしなかった。ドイツのコンペに出品したが、入賞を逃した。それでも、その後やっと『ウィリアム・ブレイク・インを訪ねて』の作曲に取り組んだとき、編曲家として以前より自信をもって仕事をすることができたとライルズは言っていた。

「こんなジョークがあるんだ」。その夜、会員たちと焚火を囲みながら、ライルズが教えてくれた。「課題回避はすばらしい。多くのアーティストが作品を他人に押しつける前に創作をやめていたら、この世はもっと住みやすくなるから」。しかし、彼の場合、課題回避は一種の課題受容でもあったのである。

あの夜のことを思い出すと、裏庭に張り巡らされた祈禱旗と鐘の音が心に浮かんでくる。ライルズはバーボンにトゥアカを加えたカクテルをつくってくれた。私はくつろいだ気分で会員たちが教育や芸術や醜悪なアートについて語り、幸福は個人として追求する価値のある目標か否かについて議論するのを聞いていた。リヒテンベルク協会は怠け者の集団ではない。会員は一定の努力を要求される。協会の設立趣意書によると、「会員は登録前あるいは登録後に創作の提出を求められる」。だが、ゆきすぎは禁物だ。「協会の名のもとになった人物の精神にのっとり、作品が完璧あるいは成功をしたものであることは求められていない（奨励もされていない）」

リヒテンベルク協会員にとって、ぐずぐずしたり、間に合わなかったり、躊躇したりするのは、すべて創作過程の一部である。なにかを先延ばしすれば、別のなにかにつながる。その別のなにかは依頼された仕事でない場合が多いが、結果的には、注目を浴びる場合が多い。その意味では、うがった見方をすれば、先延ばしはなにかを達成する活性剤となりうる。ライルズはこのパラドックスに気づいて、それに関する本を書き始めたそうだ。

だが、この種のイニシアチブは、会員たちの批判の的になるおそれがありそうだ。

先延ばしは世界中で見られる習慣だから、あちこちで先延ばし人間が協会を設立したとしても不思議ではない。彼らは安直なジョークが好きなようだから、集会通知はこんな具合だ。

先延ばし人間クラブ集会——明日まで延期。

アルコール依存症患者更生会（AA）のような自助グループをめざした会もある。先延ばしの悪習を断ち切ろうというわけだ。その一方で、先延ばしを堂々と賛美する会もある。フィラデルフィアに本拠を置く「全米先延ばし人間クラブ」は後者の例で、一九五六年にレス・ワースが設立した。ワースは広告会社の幹部で、二〇一六年に亡くなるまでにホリデイ・インやフォード・モーターをはじめとするクライアントのために一〇〇〇曲近いCMソングを作曲した。なかでも有名なのが、ミスター・ソフティのアイスクリーム・トラックのためにつくったCMソングだ。同社のトラックは今でもこの曲（オックスフォード大学出版局のモバイル・ミュージック研究ハンドブック第二巻で「今日最もよく知られたアイスクリーム・トラックの曲」とされている）を流しながら、夏には一五の州を走っている。

「全米先延ばし人間クラブ」はジョークから生まれた。ワースがふざけて、フィラデルフィアの報道陣がよく集まるホテルに「全米先延ばし人間クラブ」集会延期の看板を出したのである。報道陣からクラブのことを知りたいと言われて、設立するはめになった。創設当時のワースの肩書きは会長代理だったが、会長に昇格することはなかった。ワースの説明によると、一九五七年に会長を選出しようと決めたのだが、結局、そこまで手が回らなかったそうだ。

ワースは時折、会員のための見学旅行を企画した。だが、こうしたイベントは必ず時機を逸していた。一九六五年末には、ニューヨーク万国博覧会に行くことになった。だが、あいにく博覧会はとっくに終わっていた。

一九六〇年代末には、反戦抗議運動を企画したが、対象となった戦争は一八一二年の米英戦争だった。抗議運動は成功裏に終わったとワースは報道陣に発表した。「戦争はすでに終結したから」。

ワースの全米先延ばし人間クラブも、ライルズのリヒテンベルク協会も、その根底にあるのは、時間厳守、効率、がむしゃらな努力といった因習的価値を冗談めかしながら打破しようとする試みである。リヒテンベルク協会の年次総会では、会員たちが翌年の創作活動の目標を掲げ、前年に立てた目標をどこまで達成できたか発表する。だが、作品が世間に認められすぎたり、因習的な意味で成功をおさめすぎたりした場合は、批判の的になる。

先延ばしは、ある意味、ジョークだ。しなければならないのにしない、あるいは、するはずのことをしかるべき時にしない、あるいは、するはずのこと以外のことをする。これは喜劇だ。だが、葬式で笑ってはいけないように笑えない。きわめて不適切だからだ。

だが、先延ばしはきわめて深刻な問題でもある。仕事にかけられる時間は限られている。浪費していると、やがてあの時間はどこに消えたのかと自問する羽目になる。これは深刻な問題だ。深刻すぎて、目を背けるには笑うしかない。人生は積み重ねていく時間の連続だから、いつかは時間切れになる。その報いが重くのしかかるのを感じて、まともに向き合わなければと気づく。だが、あなたは先延ばし人間だ。向き合うのはもう少しあとでもいいだろう。

⌛

先延ばしを正当化する方法はいくらでもある。高圧的権威に対する威嚇射撃あるいは世界を席巻している資本主義倫理への批判と考えることもできるだろう。ド・クインシーやオスカー・ワイルドのような作家にとって、先延ばしは独自のスタイルを確立するひとつの要素だった。

おそらく、先延ばしの王様は作家だろう。締め切りが神聖にして不可侵である生業（なりわい）についているにしては妙な話ではあるが。作家のダグラス・アダムズは「締め切りが大好きだ」と語っている。「通り過ぎていくときのビューンという音がたまらない」。彼が二〇〇一年に亡くなったとき、最後に手がけていた本の締め切りは一二年前だった。

怠惰の言い訳にかけては作家の右に出る者はいない。「計理士の妨害」を口実にする人間がほかにいるだろうか？　魂を込めて海岸を散策してからでないと仕事に取りかかれないと自動車整備工が言うだろうか？　部屋の中を歩き回るのは創造活動に欠かせないもののように言われるが、これも一種の先延ばしだ。歩き回るのはアイデアを呼び起こすため、体を動かすことで精神にギアを入れるのだと私もかつては考えていた。しかし、ピンポン玉のように部屋を往復するのは、私の躊躇、優柔不断の表われにすぎないのだろう。ここに座るべきか、それともあそこか？　こう書くべきか、ああ書くべきか？　そもそも私は作家であっていいのだろうか？　ほかに生計を立てる手段が――真っ白な紙やちらちら動くカーソルとにらめっこしなくてもすむ仕事があるのではないか？

ウィリアム・ギャスは小説『トンネル（*The Tunnel*）』を書くのに三〇年かかった。リルケは、第一次世界大戦や自身のうつ病による中断があったものの、一〇年かけて『ドゥイノの悲歌』を書き上げた。私は彼らと同等だと言うつもりなどない。リルケのテーマは存在論的苦悩と実存的な苦しみだった。私は『ＧＱ』誌に載せる男性用カーディガンを七〇〇語で紹介するのに苦しんでいる。しかし、リルケは間接的に生まれる作品もあることを知っていた。「よく自問するのだが、やむなく怠惰に過ごす日々は、最も深遠な活動の日々ではないだろうか」。彼は手紙にこう書いている。おそらく、仕事をする代わりに手紙を書いていたのだろう。「あらゆる活動は、あとになってみると、こうした無為に過ごした日々に行なった偉大な活動の残響にすぎないのではないだろうか」。

これこそすべての先延ばし人間が身につけるべき魔法の考えである。無為は無為ではなく、目に見えないかすかな動きが後になって有益な結果につながる。たしかに、私はしなければならないことを実行して真面目に一日を過ごすこともできる。だが、そうする代わりに鉛筆の入っている引き出しを整理したら、すばらしい結果につながるかもしれない。だとしたら、仕事だけして一日過ごせるだろうか。

先延ばし人間は完璧を求めるから、あるいは失敗を恐れるから、ぐずぐずしているのだとも言われる。完璧にできると納得するまで実行できないのだ、と。実際、力不足だとわかっているから踏み出せない人は多い。ジョージ・エリオットの『ミドルマーチ』に登場する自称古典学者のカソーボン牧師は、いつまでもこつこつ下調べを続けているだけで、自称「大作」の執筆に取りかかることができない。その大作の仮題が『すべての神話への鍵』だと知ったら、彼が執筆に取りかかれなくて幸いだったと思う読者もいるだろうが。

カソーボンは滑稽な人物だが、言い換えれば、私たちの代表ということなのだろう。彼の常習的な回避、自己防衛であると同時に自分をいらだたせる課題回避は、先延ばし人間にはよくわかる。作者のエリオットもわかっていたにちがいない。彼女は遅筆で有名だった。小説を書き始めたのは三〇代半ばで、その時点ですでに仲間に先を越されていた。

だが、文学作品に描かれた優柔不断の代表は、なんといってもハムレットだろう。学生王子にして、現在の先延ばし大学生の元祖（提出ぎりぎりに書かれた英語のレポートの多くがハムレットの逡巡をテーマにしているのは、絶妙の選択と言える）。ハムレットが家族の復讐という古い倫理規定を受け入れているとすれば、父の死に対する彼の反応はごく自然だ。しかし、ハムレットは自己の存在に悩む新しいタイプのヒーローであり、それゆえにやるべきこと——この場合は叔父である王を殺すこと——を実行する前に自分は誰で、なぜここにいるのか、人生の意味とはなにか、永遠の神秘とはなにかと悩まずにいられない。そんなことばかり考えているから実行はどんどん延期され、彼は私たち先延ばし人間と同類になった。ハムレットは自由意志や自分の選択、そして、衝動に翻弄されているのである。

先延ばしは衝動の一種にすぎず、欲求や欲望の制御不能であると主張する研究者もいる。その説に従うなら、ハムレットの先延ばしは、侍従長ポローニアスを殺したときに見られる性急さの裏返しということになる。だが、ハムレットの先延ばしは何世紀にもわたって分析され議論されてきたが、そもそも説明しなければならないことだろうか？　結局のところ、叔父を殺すのをためらうのは不思議でもなんでもない。良心の呵責も感じずにさっさと命を奪ったとしたら、そのほうが不思議で気がかりだ。ハムレットにとって、行動は――芝居を打つことにしろ、困難な決断を下すことにしろ――すべて疑わしいものだった。行動は演じること、なりすますことであり、その意味で、ごまかしだ。それなら、いっそ行動せず、先延ばしするほうが真実を含んでいる。ハムレットを悩ませた軍人倫理規定は、葛藤や良心の呵責や内省の解決には役立たなかった。軍人倫理規定は、テイラー主義のように、「唯一最善の方法」とされている点で絶対的なものだったからである。

私の先延ばし歴の始まりは、多くの同類と同様、子供時代に割り当てられた部屋の掃除や庭の草むしり、ゴミ出しといった仕事だった。先延ばしする子供はしなければならない仕事をただ先に延ばしているだけではない。できるだけ子供時代を長引かせて、責任をもつ生活をしなくていいようにしているのである。土曜日の朝、ベッドメーキングを後回しにして、私はテレビで漫画を見ていた。いつ見てもワイリー・コヨーテはロード・ランナーを追いかけていた。永遠に終わらない追跡、決して実現しない夢、完成することのない仕事に子供心にもせつないものを感じた。ワイリー・コヨーテにはどこか健気なところがあった。もちろん、暗いダイナマイト小屋の中を見ようとしてマッチに火をつけて吹っ飛んでしまうような愚かなところも否定できない。だが、絶壁から苦労してどけた岩の真下に立つような愚かなまねをしたとしても、健気さが打ち消されるわけではなかった。

この土曜日の朝の漫画で、私は過程（プロセス）のロマンを知った。どんなことでも、取りかかる前は果てしなく魅力的だ。可能性は尽きることがない。ワイリー・コヨーテが愚かなだけでなく健気なヒーローに思えたのはこのせいだろう。どんなプロセスでも、始めたばかりのときは緊張するが、いちばん希望に満ちた段階でもある。自分に限りない潜在力があるような気がする。作家は駄作を書いてしまうのではないかと恐れて筆が進まない。失敗を恐れている。だが、ありがたいことに、書いている間はひょっとしたら傑作が生まれないともかぎらない（可能性がないわけではない）。

先延ばし人間がプロジェクトを完成させたがらないのはこのためだ。取り組んでいるかぎりは完璧をめざすことができる。だが、完成させてしまったら、志は高いが（失敗に終わった）無能な人間の努力の結末になるだけだ。初期のグノーシス主義の教師バシレイデースは、存在自体が一種の堕落であり、存在しないものだけが完璧だと教えた。したがって、なにかを生み出すのは破滅させることなのだ、と（こう考えると、地下鉄に乗って帰宅する途中ひらめいたすばらしいアイデアが、家に着いて書き留めてみると、往々にしてすばらしくもなんともないと判明する理由がわかる）。

プロセスが続いているかぎり、どんなことでも起こり得る。プロセスのロマンは永遠を意味している。キーツの『ギリシャの壺に寄す』に登場する恋人たちは永遠に若いままで、接吻を交わそうとしている。これこそ究極の先延ばしであり、時間を超越した芸術に凍結されたプロセスのロマンである。「競技に勝っても乙女の接吻をもらえぬのを嘆くなかれ」と詩人は恋人たちに語りかける。二人がどうなるかには終わりがないのだ。

⌛

ジョージア州ニューナンを訪れた夜、私はデール・ライルズにこのプロセスのロマンやギリシャの壺の話をした。夕食に二、三杯飲んだカクテルのせいもあったのだろう。ライルズにミートン・グリートというハンバーガー店に連れて行ってもらって、私の記憶が正しければ、そこの名物カクテル、シンコ・デ・マヨ（五月五日）を飲んだ。そのあと、ニューナン市街を散策して、郡庁舎広場にある南北戦争時代の南部同盟の兵士の像や、ブラウンズ・ミルの戦いを記念する銘板を見物した。ブラウンズ・ミルの戦いは、一八六四年にニューナン郊外で起こったが、発端は北軍の襲撃で、その目的はアンダーソンビル捕虜収容所の劣悪な環境のもとで収容されている北軍の三万人の兵士の釈放だった。しかし、この襲撃は失敗に終わり、結局、南軍がブラウンズ・ミルで勝利をおさめた。その結果、アンダーソンビルにはさらに一三〇〇人の北軍捕虜が収容されることになった。

アンダーソンビルは「デッドライン」の語源となったことで有名だ。もともとは収容所内の印をつけた境界線のことで、ここを越えた捕虜は射殺された。「デッドライン」は今日では異なる意味で使われているが、先延ばし人間にとって危険をはらんでいる点では変わりがない。南北戦争からはもうひとり歴史上有名な先延ばし人間が生まれている。ぐずで有名なジョージ・マクレラン将軍である。北軍の最高司令官を務めた一年たらずの間、準備と計画に宗教的といっていいほど熱意を燃やした。綿密に計画を立てて準備するあまり、往々にして計画し準備したことを実行するまでに至らなかった。しかも、敵軍と戦うことに消極的だった。それが同僚たちの癇に障った。ヘンリー・ハレック将軍はマクレランのやり方に憤激している。「動かざることは想像を絶している。この不動の塊を動かすには梃子が必要だ」リンカーン大統領は彼らしくもっと簡潔な表現をした。マクレランを「のろま病」と言い切ったのである。

マクレランはなにもしなかったわけではない。リンカーン大統領が望んだこと、すなわち、敵を攻撃すること以外はすべてやった。頻繁に偵察活動を実施し、軍事演習を繰り返し、パレードも行なった。偉大な将軍の例にもれず、マクレランは完璧主義者で、強迫観念的コントロール欲の持ち主だった。ただ彼の場合、完璧主義は不安や自信の欠如を隠蔽するためのものだったようである。そのために、細部まで検討し、調整し、再検討し、やり直すという繰り返しだった。読書感想文を書きたくない小学生がいつまでも鉛筆を削っているようなものだ。

ジョージア州であちこちの南部同盟の兵士の記念碑を見物していると、南北戦争にまつわるすべての問題は、時代錯誤的な心理上の問題ではなかったかと思うようになった。先送りされた決断（建国の祖が取り組もうとしなかった奴隷制度という大問題）、二つに分裂した国家、国家規模で広がった悲劇的な自滅衝動。南北戦争は、決断を先延ばしした代償――問題を先送りしたことが招いた悲劇と考えることもできるだろう。

ニューナンの郡庁舎広場を歩きながら、私はライルズと先延ばし人間の正当化について話し合った。マクレラン将軍は自分を先延ばし人間だと認識していなかった。「何事も徹底するタイプ」を自任していたにちがいない。公平を期するためにつけ加えると、何十万人もの兵士の命を預かる立場にいる人間としては、慎重に準備を重ねるのは当然だろう。マクレランは終生、個人また最高司令官としての先延ばしを熱心に弁護し続けた。一八六四年に民主党から大統領選に出馬して、共和党のリンカーン大統領の対立候補となったときもそうだった。だが、マクレランは典型的な自己防衛型先延ばし人間で、将来なんらかの問題が起こったときに備えることで救いを見出していた。つまり、少なくとも本人としては、先延ばし人間だとは思っていなかったことになる。

一方、リヒテンベルクはマクレランのように命令を下す立場ではなかった。怠けようと思えば怠けられたはずだ。それでも、何度もチャンスを逸したと後悔している。リヒテンベルクもまた何事も徹底するタイプだった。常に大きな計画を立てていたが、それを実行しなかった。「すべてを注ぎ込んで」書くつもりでいた『トム・ジョーンズ』風の小説も完成しなかった。つまり、リヒテンベルクは好奇心の赴くままにあちこちを向いていたのだろう。その結果は混沌としたまとまりのないものだったが（彼の『控え帖』を見ればわかるように）、同時に燦然（さんぜん）たるものだった（これも『控え帖』を見ればわかる）。

リヒテンベルクは自分のやり方を特異なもの、当時の一般的な科学的基準からすると失敗と認めていた。だから、晩年、自分のキャリアをこんなふうに要約したのだろう。「私が科学に向き合った方法は、主人と散歩に出かけた犬が、一〇〇回も同じ道を行ったり来たりして、ようやく着いたときは疲れ果てているようなものだった」

しかし、この敗北宣言ですら、その控えめな魅力という点で、リヒテンベルクの勝利の証拠となっている。デール・ライルズと彼の仲間は、他の多くの人間と同様、リヒテンベルクに多くの魅力――ウィット、懐疑、彼の先延ばし癖と切り離すことのできない優雅な表現を見出している。

「リヒテンベルクがどんな人間か知る必要があったからだ」。リヒテンベルク協会を設立した理由を訊ねた私にデールはこう答えた。

これも先延ばし人間が先延ばしする理由だろう。先延ばししていれば、いつか同類とつながることができる。その意味では、私たちの「ノー」は「イエス」である。

リヒテンベルクの調査のためにドイツまで行き、その後、ジョージア州のデール・ライルズを訪ねたことで、私は本来の仕事をうまく回避できたと思っていた。しかし、アトランタから帰る飛行機の中で、また次の旅を計画していた。デルタ航空２３５０便の11Ｄのシートに座って、リヒテンベルクがついに打ち上げることのなかった熱気球よりも高いところから外を眺めながら、ふと私の先延ばし法は間違っているのではないかと思った。本来やるべきことを回避するために、精力的に次々と旅を計画している。ひとつの課題を回避するプロセスで、私は別の多くの課題を完了していたのである。先延ばし人間でも課題志向になれる。ただし、その課題が先延ばしである場合にかぎり。

7章 それゆえ、私を縛れ

それゆえ、私を連れゆき、帆柱の中ほどの桟に縛れ。直立した姿勢でしっかりと縛り、私が身を振りほどいたり、ロープの端を帆柱に打ちつけたりしないようにしてほしい。縛めを解いてほしいと懇願したら、さらにきつく結びつけろ。

——ホメロス

『オデュッセイア』第一二歌

サミュエル・バトラー訳より

すべての道は、少なくとも私にとって、先延ばしに通じるように思える。それを実感したのは、ペンシルベニア州の西部をドライブしていて道に迷ったときだった。

ペンシルベニア州を訪れたのは落水荘を訪ねるためだった。フランク・ロイド・ライトが百貨店王エドガー・カウフマンの別荘としてピッツバーグの南の荒地に設計した別荘である。

落水荘は建築愛好家の間で圧倒的な人気を誇る建築物だ。私は建築愛好家ではない。それでも、彼らが一生に一度は詣でたいという思いは理解できた。落水荘を訪ねるのは聖地巡礼に似ている。信仰は求められないとしても、GPSが使えない人里離れた丘陵地帯を進むにはそれなりの覚悟が必要だ。岩だらけの丘陵地帯を進んでいくと、民家の前庭に十戒を刻んだ石版のレプリカが——当然、レプリカだろう——芝生のオーナメントとして飾られていた。

道に迷って堂々巡りをしていると、ふと先延ばしは一種の見当識障害ではないかと思った。先延ばしは時間的な見当識障害であるが、その時点で私が経験していたのは地理空間的な見当識障害だった。方向がまったくわからなくなった。私が思うに、この二つの見当識障害の大きな違いは、先延ばし人間が自ら見当識障害を選択する点だろう。先延ばしは一種のタイムトラベルであり、具体的な現在から抽象的な未来に活動を移すことで時間を操作する試みなのだ。私の先延ばしの旅は、タイムトラベルであると同時にごく普通の地理的な旅でもあったが、その時点の地理空間的な見当識障害は、時間的な見当識障害とはくらべものにならなかった。なにしろ、自分がどこにいるかまったく見当もつかなかったのだから。

やっと見つけたピザハットで道を訊ねて（エキゾチックなダンスクラブも日焼けサロンも閉店していた）、落水荘のすぐそばまで来ているだけでなく、ネセシティ砦跡（とりで）も近いことがわかった。ネセシティ砦は植民地時代につくられた古い砦で、その約二〇〇年あとに一二マイルほど離れた場所にライトが設計した落水荘にくらべると、はるかに粗野だが、それなりに重要な意味を持つ建造物だ。一七五四年にイギリス軍とフランス軍が初めて交戦した場所で、それがのちに七年戦争と呼ばれる世界規模の戦争に発展した。この戦闘のきっかけをつくったのは、私のハイスクール時代の歴史の教科書によると、当時、ヴァージニア植民地の民兵隊長だったジョージ・ワシントン中佐だった。その年の初め、ヴァージニア植民地のイギリス政府は、オハイオ州の起点となる現在ピッツバーグと呼ばれている一帯からフランス軍を駆逐するためにワシントンを派遣した。フランス軍にとってもイギリス軍にとっても――そして、私も落水荘を探し回っているうちに気づいたが――この山岳地帯を横断するのは至難の業だった。そこで、イギリス政府は内陸を迅速に横断できるオハイオ川の運航権を確保しようとした。ピッツバーグに向かう途中、ワシントンは川岸にあるネセシティ砦を守るために、フランス軍の分遣隊を待ち伏せして、隊長と一三人の兵士の命を奪った。フランス軍の言い分では「謀殺」したのである。それが戦闘の引き金となった。

ワシントンはこの戦闘では敗北を喫した。司令官として名声を博すのは、その後、独立戦争中の大陸軍の指揮官としてである。さらに言うなら、ワシントンが名を揚げることができた原因は、敵軍司令官の先延ばしだった。ペンシルベニア州西部でフランス軍を待ち伏せしてから一二年後、ワシントンはニュージャージー州でクリスマスの夜に奇襲攻撃をかけた。

当時ワシントンは独立したばかりのアメリカ合衆国の司令官として戦っていたが、今回も戦績を上げることができなかった。彼が率いる軍隊は連敗続きで、崩壊寸前。なんとしても勝利をおさめたいワシントンは、奇襲攻撃にすべてを賭け、月光を頼りに小舟でデラウェア川を渡った。それが功を奏した。トレントンに駐屯していたイギリス軍に雇われたヘッセン人傭兵隊は完敗、この勝利が愛国心を鼓舞し、ワシントンは歴史に名を残す将軍となった。だが、ヘッセン人のヨハン・ラールが優秀な司令官だったら、これほど簡単に勝利を得られなかっただろう。クリスマスの夜、トランプ遊びに興じていたラールのもとにワシントンが率いる軍の接近を知らせる手紙が英国支持者の地元民から届いた。だが、ゲームの邪魔をされたくなかったラールは、あとで読むつもりで手紙をポケットに入れてしまったのである。

その気になって探せば、先延ばしの例はどこにでも、アメリカ史の教科書の中にも見つけられるのだ。

さて、話を落水荘に戻そう。長年、落水荘のガイドはこの土地はかつてワシントンが所有していたと見学者に説明していたそうだ。しかし、それを裏づける証拠はない。カウフマンが土地を購入したのは一九一六年、当初は経営する百貨店の従業員用の夏季キャンプ地として使われ、それが一九三〇年代まで続いた。一九二〇年代に撮影された写真を見ると、ワンピースの水着姿の従業員たちがベア・ランの滝の下で水浴びをしている。滝も岩も川底も、現在ライトの建物がその上にのっているが当時と同じで、その昔、ワシントンがここを歩いたと言われても納得できそうだ。

私が落水荘を訪ねたのは（ピザハットで親切に教えてもらったから、たどり着けたわけだが）、歴史的偉業を成し遂げたライトが歴史上有名な先延ばし人間と言われているからだ。その根拠となったのが、落水荘をめぐる伝説である。この話はあまりに繰り返し語られたせいで作り話ではないかと思えるほど、事実にしてはできすぎなのだ。

カウフマンからベア・ランの滝のそばに家族でゆっくり過ごせる別荘をつくりたいという依頼を受けて、ライトは承諾した。だが、それから九ヵ月間、設計に取りかかる気配はまったくなかった。伝説によると、業を煮やしたカウフマンが、ある日、依頼したままになっている別荘の設計図を見に事務所を訪れると通告した。これが効いた。ライトの尻に火がついたのである。ライトの下で働いていたエドガー・ターフェルは後年、著書『知られざるフランク・ロイド・ライト』の中でこう書いている。クライアントが待っていると知らされて、ライトは「あたふたとオフィスから出てくると、製図台に見取り図を広げて、描き始め……アイデアがあふれ出てきた。『リリアンとE・Jはバルコニーでお茶を飲むだろう……橋を渡って森に入って……』。鉛筆が削るそばからすり減っていき……消しては書き直し、修正を加えていった。図面が飛び交った。やがて、図面の下に大胆なタイトルが書き込まれた。『落水荘』。建造物には名前がなくてはならないというのだ」。ターフェルの記述によると、すべてが二時間ほどで終わったという。

アメリカ建築史の頂点に立つことになる建造物の設計図を作成するのに二時間が妥当な時間かどうか、そんな短時間で作成できるものかどうか、私にはわからないが、ターフェルはそう記している。だとすると、疑問が出てくる。なぜライトは取りかかるべきときに仕事を始めなかったのだろう？

経済的な余裕があったわけではない。カウフマンから週末を過ごす別邸の設計を依頼されたとき、ライトは困窮していた。二〇世紀初頭には名声を博していたが、当時は過去の人と見なされていた。批評家からも揶揄されていた。一九三二年にニューヨーク近代美術館で開催された画期的な建築展「モダン・アーキテクチャー展」では、ライトの作品は無視され、ミース・ファン・デル・ローエ、ヴァルター・グロピウス、ル・コルビュジエといった新しいヨーロッパの近代建築運動を代表する建築家がもてはやされた。ウィスコンシン州南西にあったライトの実験的居住区タリアセンは、差し押さえ寸前だった。一九二九年から三三年にかけての大恐慌も住宅建築家には大きな痛手で、凝った住宅を建てる余裕のある人が減って注文は激減した。そんなときだったから、落水荘はライトにとって逃すことのできないチャンス、華々しいカムバックを遂げる絶好の機会だった。ライトが九ヵ月も落水荘の仕事に取りかからなかった理由はひとつしか考えられない。先延ばし人間の天邪鬼な理屈である。このせっぱつまった状況では、なにもしないのが一番というわけだ。

落水荘は近代建築の粋を集め、当時最先端だったキュービスムをふんだんに採り入れた設計だが、そのすばらしさは時代を超越していることだろう。伝説によると、カウフマンは週末を過ごす別邸の設計をライトに依頼したとき、ベア・ランの滝のほとり、少し下流に建てるつもりだったという。滝を眺められる場所にと思ったようだ。しかし、ライトは滝の上に、滝に浮かんでいるかのように見える場所に建てた。流れ落ちる水や岩盤と融合した建物は、永遠の風景の一部になろうとしているようだ。実際、建物は風景を呑み込み、大地に根ざして恒久不変のオーラを放っているが、それはどんな建造物にも望みえないことだ。建物はいつか崩れる。落水荘も一九九〇年代に崩壊の危機に瀕して、構造工学の専門家が補強工事を施している。恒久不変といっても、所詮はこの程度なのだ。

落水荘を訪ねたいと思って、あまりにも長く計画しすぎてきたせいか、やっと目にしたとき、私はどこを見ればいいのか、どんな反応を示せばいいのか、とまどってしまった。決して建物に失望したわけではない。ただ、実際以上にあれこれ体験しなければならないような気がしたのだ。写真を見すぎていたから、現実に見ているのが嘘のような気がした。目の前にある建物は、建築の本で何度も見た美しい写真の出来の悪いレプリカのようだった。

そんな思いをしたのは私だけではなかった。一〇人ほど見物客が集まってツアーガイドに案内してもらうのだが、申し合わせたように同じことをしていた。まじまじと、身を乗り出すようにして建物を見つめ、見ているものの重要性をくまなく引き出そうとしていた。「実にみごとだ」といった単純で率直な感想を口にできる雰囲気ではなかった。

建築にはそういうところがある。その意味ではワインに似ている。知ったかぶりをして蘊蓄(うんちく)を傾けたくなるのである。特に男性は。見学ツアー中、ヴァージニア州から来たという元内科医は、ライトがバスルームの壁にコルクを使ったにちがいないと長々と語っていた。休暇中の歴史教師は、照明について話し出すときりがなかった。

ライト自身、こうした行動を奨励していた。過剰といえるほどの売り込み手腕を発揮して、落水荘は単なる別荘ではなく、「大いなる祝福――地上で経験しうる最大の祝福のひとつ」だと宣伝した。カウフマンに宛てた手紙に彼はこう書いている。「私はあなたへの愛を依頼人と建築家という通常の関係を超えたものと考えています。その愛があなたに落水荘を与えたのです。こういうものは生涯に二度とは得られないでしょう」。ライトはよくこういう手紙を書いた。私が特に気に入っているのは、依頼人(クライアント)ではなく建築家(アーキテクト)の最初の文字を大文字にしている点だ。

おそらく、建築に対するこの宗教的と言えそうな思い入れのせいだろう。ライトの足跡をたどるのは聖地巡礼のようだ。設計の妙に感じ入るというより、カトリックの秘跡に参加しているようだった。ライトが設計した建物の大半が、簡単にたどり着けない場所にあるのも無関係ではないだろう。現に、落水荘にたどり着くのに六時間も車を走らせたが、これは私にとっては聖地巡礼と呼べるほどだった。ウィスコンシン州南西にあるライトのタリアセンを訪ねたときも、イリノイ州スプリングフィールドにあるダナ・トーマス邸を訪ねたときも、オクラホマ州バートルズビルにあるプライスタワーを訪ねたときも、同じように時間と労力がかかった。都市部ではなく地方の建築物で有名になった大建築家はライトぐらいである。文化の中心から隔たっているからこそ、ライトの建造物は一種独特の孤立感を放っているのだろう。落水荘の成功で、ライトはヨーロッパの近代建築の巨匠たちに勝ったと自負していた。勝利をもたらしたのが、ペンシルベニア州西部の人里離れた土地に建てられた別荘だったことを考えると、いっそう感慨深い。落水荘の周囲の環境は、ライトの野心や自負心や永遠の希求とはおよそ無縁だ。タリアセンに通じる道の直前で目に入るのは、近くにあるジェリーストーンパークに向かうキャンピングカーを歓迎するクマゴローの巨大な像なのだから。

聖地巡礼は生涯一度の困難な旅、精神的意義のある旅という点で、先延ばし人間に向いている。言うまでもないが、聖地巡礼には思いついてすぐ出発するわけではない。それはただの気まぐれ旅行だ。さらには、一般に、巡礼の対象に対する信仰を深めるまでに時間がかかる。したがって、聖地巡礼までに時間がかかるほど、信仰心が篤い。聖地は古いほど尊ばれる。だから、先延ばし人間は最高の巡礼者となるのである。

⌛

落水荘を訪れた日は、ペンシルベニア高速道路沿いにある全米でチェーン展開しているモーテルに泊まった。翌朝、ロビーのそばにある食堂で、無料のコーヒーとレーズンブレッドの朝食の列に並んでいたとき、そばにいた男性に声をかけられた。「旅はいかがでしたか？」寝起きだったし、こんなところで誰かに話しかけられると思っていなかったから、とっさになんのことだかわからなかった。落水荘の見学ツアーのことだろうか？　だが、私があそこに行ったのをこの男性が知っているはずがない。それとも、モーテルの部屋から朝食会場に来たことを言っているのだろうか？　このほうがもっと不自然だ。ひょっとしたら、旅は比喩的な意味で、私の研究調査が進んでいるかと訊いたのかもしれない。

わからないまま、私は適当に答えた。

「ええ、楽しい旅でした。あなたはいかがです？」

そう言うと、男性が答えた。「ここに居合わせてよかった。実に幸運でした。一日一日を有効に使わなければなりませんからね。心からそう思いますよ」

どういうつもりかわからなかったが、どこかの教会に誘われそうな予感がしたので、まずそうなレーズンブレッドをつかんで男に別れを告げた。念のために、朝食は部屋でとることにした。

それにしても、私はなぜあんなに動揺したのだろう？　あの男性が妙なことを言っただろうか？　つじつまの合わないところがあっただろうか？　無礼なまねをしたようで気がとがめた。

落水荘を訪ねたのはライトの先延ばし癖を裏づけるためだったが、必然的に私自身の先延ばし癖を思い知らされる結果になった。ここに来たのは口実、時間稼ぎだ。机に向かって書く気になれないからだ。その意味では、困難な苦しい旅だ。仕事を回避するためにどこまで行けるか知りたいという理由だけで、ペンシルベニア州を横断する人間が私以外にいるだろうか？　家にいれば仕事ができたかもしれないのに、ハンプトン・インでキングサイズのベッドに寝転がって、音量をしぼってテレビ番組「スポーツ・センター」を見ながら、まずいパンを食べている。あの男性から逃げ出した理由がやっとわかった。一日一日を有効に使わなければならないと確信に満ちた口調で言われて、恥じ入らずにいられなかったからだ。

ライトは破滅的な言動をとる癖があったが、これも先延ばし人間の特徴だろう。代表作の二つ、ユニティ・テンプルとロビー邸を設計した直後の一九〇九年、ライトは依頼人の妻とヨーロッパに駆け落ちしている。追い求めてきた頂点を目前にして、順風満帆だったキャリアを棒に振る人間がいるだろうか？

　カウフマンが抜き打ち訪問をするまでの九ヵ月間、ライトは創造的麻痺に陥っていた可能性がある。満塁で指名されたリリーフ投手が緊張のあまりストライクゾーンがわからなくなるように、プロジェクトの重さと緊迫さに圧倒されていたのではないか。自分にやれるだろうかという恐れから先延ばししたとも考えられる。それとも、経済的逼迫や建築家としての評価に絶望していたのだろうか。たぶん、どうしても仕事をする気になれないことはそれまでに何度もあったのだろう。ライトは富裕層を教化しようとしてきた。安ピカ趣味のアメリカ文化に魂を吹き込もうとした。ユニティ・テンプルやロビー邸をはじめ、いくつかの建物を設計してきたが、それでなにを手にしただろう？　金持ち連中は彼が設計した建物の構造的な欠陥をあげつらった。晩餐会の席上で、ライトが設計した建物の天井が雨漏りして頭が濡れたとクレームの電話をかけてきたクライアントにライトは椅子をずらせと答えたという。

　結局のところ、ライトは、レオナルド・ダ・ヴィンチと同様、慢性的先延ばし人間ではなかったのだ。建築学者のフランクリン・トーカーは、著書『上昇する落水（*Fallingwater Rising*）』の中で、ライトは土壇場まで設計図を作成しなかったが、その間もアイデアはあふれていたと書いている。頭の中で設計していたというのだ。私もカウチでうたた寝しているのを妻に見つかると、似たようなことを言う。昼寝をしているように見えるかもしれないが、実際には執筆中だ。頭の中で書いているのだ、と。

ライトは自己宣伝がうまく、助手たちも進んで彼の伝説を世に広めた。それでも、ライトがぎりぎりまで落水荘の設計に取りかからなかったと躊躇なく喧伝したのは興味深い。へたをすると、無責任な怠け者、業を煮やしたクライアントにせっつかれないかぎり働かない建築家と受け取られかねない。だが、ライトの助手たちは、世間が創作プロセスを美化したがるのをよく知っていた。凡人の先延ばしはいらだちを募らせるだけだが、偉大な芸術家なら、先延ばしは芸術の女神（ミューズ）の仕業とされる。狂気がしばしばミューズの仕業とされるように。狂気に取り憑かれた人間と同様、先延ばし人間は無謀で、規則に縛られず、境界を無視する。ライトの弟子たち、そして、多くの人が、落水荘伝説に惹かれるのは、確認したかったことを裏づけてくれるからだ。すなわち、世の中には芸術や商取引に関する慣習に当てはまらない人がいるという事実である。ライトは、彼の弟子たちが喧伝したように、そういう天才だった。問題にぶつかると、ライトは世界を放浪しているだけのように見えるが、その間も創作活動を続けていたのだろう。そういう人間は、土壇場で魔法のように頭の中にある概念を紙の上に移し、最終的には石や鋼やガラスに変えて、ペンシルベニア州のはずれにある滝の上にのせられるのである。

⌛

先延ばし人間は堂々と先延ばしししているわけではない。それどころか、なにひとつ達成できない自分にいらだち、パニックに陥る。強迫観念に取り憑かれることもある。小説家のジョナサン・フランゼンは、『ニューヨーク・タイムズ』のインタビューに答えて、ベストセラーとなった『コレクションズ』を書いていたときの大半、目隠しをして、耳栓をつけたうえにイヤーマフをして、気が散らないように工夫していたと語っている。書くことに集中するために、すべての誘惑を遮断しようとしたという。フランゼンにとって誘惑とは、昼寝、トランプ遊び、そして「電動工具をいじること」だった。

ここで疑問が出てくる。第一に、フランゼンの世代のアメリカ人男性が「イヤーマフ」を持っていただろうか？　第二に、現代は昔より気を散らすものが増えているだろうか？　後者は万人の認めるところで、今や私たちのまわりには気を散らすものが山のようにあり、意識を集中して時間配分に気をつけないと対処できない。バーチャルワールドで気を散らすものとしては、ツイッター、オンライン・ギャンブル、ファンタジー・スポーツ、オンライン・ショッピング、ポルノ、ピンタレスト、トーク番組「コナン」の昨夜のクリッピングなどがあり、勤務中のインターネットの私的使用を意味する「サイバーローフィング」という言葉が生まれた。二十世紀初めにフレデリック・テイラーが提唱した「科学的シャベルすくい」のように、現在人がよく耳にする新語である。

こうした仕事の妨害を撃退するために、ソフトウエアや監視テクノロジー、「Concentrate!」と「Think」といったアプリがつくられ、ちょっとした一大産業になっている。現代は衝動から身を守るためにお金をかける時代なのだ。イギリスの作家ゼイディー・スミスは小説『NW』の謝辞の中で、インターネットブロッキングアプリ「Freedom」と「SelfControl」のおかげで注意力散漫から解放されたと感謝している。

集中のための闘いは、もちろん、インターネット以前からあった。クリックベイトに釣られて、午後中サイトを渡り歩いた経験があったら、ヒューゴー・ガーンズバックの「アイソレーター」をご存じだろう。ガーンズバックの話はいろいろな「風変わりなニュース」サイトに載っている。仕事以外でなにかをしたいときには、こういうサイトをのぞいてみるといい。作家で編集者でやり手のビジネスマンでもあったガーンズバックは、一九二六年にSF専門誌『アメージング・ストーリーズ』を創刊し、「サイエンス・フィクションの父」と呼ばれているが、本人はこのジャンルをサイエンス・フィクションではなくサイエンティフィクションと呼びたかったそうだ。一九一三年から二九年にかけて、機械好きやアマチュア実験家に向けた雑誌『サイエンス・アンド・インベンション』の編集も手がけた。先延ばし人間なら、ガーンズバックの未来への関心に共感するにちがいない。先延ばし人間は、やるべきことを実行する最適の時期は未来だと信じているからである。

この雑誌の一九二五年七月号で、ガーンズバックはアイソレーターを紹介した。作家をはじめとする頭脳労働者が仕事に集中できるように考案された装置で、深海ダイバーが使うようなヘルメットを頭からすっぽりかぶり、酸素ボンベにつないだチューブから酸素を吸う仕組みになっている。このヘルメットのおかげで外部の騒音から遮断され、視界は小さな穴から見えるもの、つまり、テキストの一行に限定される。

雑誌にはアイソレーターにより外部の騒音から遮断されて書き物をしているガーンズバックの写真が掲載された。ガーンズバックとされているが、ヘルメットをかぶっているので顔はわからない。まるで月面着陸するような装備をつけた人物が机に向かって物を書くという、およそ冒険と程遠いことをしているので、よけいに滑稽に見える。

ガーンズバックはさまざまな器具を発明して、八〇の特許を取っているが、その中には電動歯ブラシや電動ブラシ、歯を使って聴覚を研ぎ澄ます装置などがある。自己宣伝がうまく、片眼鏡をかけてレストランのメニューを熟読したというガーンズバックは、アメリカでは奇妙な機械好きという程度の評価しか受けなかった。一九六三年に『ライフ』誌は彼を「宇宙時代のショーマンP・T・バーナム」と称した。彼はアイソレーターの特許を申請せず、そのアイデアがのちにフランゼンのイヤーマフや目隠しにつながった。

⌛

防護服のようなアイソレーターをかぶったガーンズバックも、イヤーマフをつけたフランゼンも、まるで攻撃から逃れるためにシェルターを探しているようだ。恐怖や不安をもたらす外界に対して身構えている。なぜ作家はこんなふうに身構えるのだろう?

かつて作家は特殊なタイプの先延ばし人間と考えられていた。働き方も編集者との関係も、普通のサラリーマンとは異なるからだ。締め切りをとっくに過ぎた小説に取りかからないのは、週一回の定例会議のアジェンダをぎりぎりまで作成しないのとは事情が違う。しかし、フリーで働く労働者の増加がこうした事情を一変させた。いまや、ブルックリンでもシカゴでも、ポートランドでもオースティンでも、ぶらぶらしているフリーランサー、言い換えれば先延ばし人間があふれている。自由に自分のスケジュールを決められるということは、スケジュールを無視してもかまわないわけだ。雇用者と顔を合わせることもなく働いていれば、締め切り厳守という規律を保つのは難しいだろう。契約労働者につきものの呑気な怠惰が、先延ばしを常態化したのである。

⌛

だが、先延ばしを気が散るものの多い時代の特徴と考えるのは、歴史的にも哲学的にも間違っている。第一に、人間は大昔から先延ばししては自己嫌悪に陥ってきた。先延ばしの習慣はインターネットに先立つばかりか、蒸気機関車やトースターなどより前からあった。たしかに、現在では、ツイッターのフィードは増える一方だし、ネットフリックスのレンタル希望一覧リスト（キュー）は長くなるばかりだ。しかし、先延ばし人間にはまだ対抗手段がある。選択の余地が、おそらくありすぎるほどある。インターネット・ブロッカー「Freedom」は、選択肢を制約するのが目的だが（あるいは、だからこそ）フリーダムと名づけられた。同様に「SelfControl」のユーザーは、自制という本来は自分の仕事を、言ってみれば下請けに出した。機械に任せたのである。それにしても、気を散らすものから我が身を守るために気を散らすデバイスに頼るとは、なんとも皮肉な話である。

気が散るのは選択するものがあるからだ。といっても、選択するのはとても難しい。二つ以上ほしくても、ひとつしか選べない。自由はほしいが、自由は怖い。自分がよくわかっていないから、なにがほしいかよくわからない。一面はあるものを求めているが、別の一面は別のものを求める。最も根本的な分裂は、現在の自分と未来の自分だろう。現在の自分は仕事をサボりたいが、未来の自分はその結果を考える。こうした自分の中の葛藤に折り合いがつけられないから、私たちは先延ばしする。

葛藤が激しくなると、自制が必要になる場合もある。気をそらすものとの葛藤の例として、ギリシャ神話の英雄、オデュッセウスがよく引き合いに出されるのはこのせいだ。ストーリーはご存じだろう。美しい歌声で船乗りをおびき寄せ、座礁させて殺す美しい魔女セイレーンの誘惑に負けないよう、オデュッセウスは船がセイレーンたちの棲家に近づく前に部下に命じて自分の体を帆柱に縛りつけさせる。誘惑に駆られる前に身を引いたわけで、この用心のおかげで破滅せずにすんだ（忘れられがちだが、帆柱に体を縛りつけるというアイデアを思いついたのはオデュッセウスではない。魔女キルケーで、自らも百戦錬磨の誘惑者だからこそ、誘惑を回避する方法を知っていたにちがいない）。ガーンズバックのアイソレーターは、オデュッセウスから受け継がれた誘惑回避の風変わりな例と言えるだろう。アルコール依存症の治療薬、アンタビュースも同様で、アルコールといっしょに服用すると不快な副作用があり、回復期の患者が飲みたいという誘惑を避けるために使う。

このギリシャ神話は、私にとってはまさしく自由奔放な先延ばしストーリーだ。トロイア戦争が終わったのに、オデュッセウスが苦労しながら遠回りして、地中海世界を放浪したのは、家庭に戻るのを先延ばししていたとしか考えられない。さらには、彼の妻ペネロペは、夫以上に徹底した先延ばし人間だった。イタケーの家で夫の帰りを待っている間、彼女は一〇八人の求婚者に取り囲まれた（この数字は一〇〇人にデートを申し込んだアルバート・エリスを思い出させはしないだろうか?）。求婚者たちは口々にオデュッセウスはとっくに死んだと言って、彼の後釜に座ろうとした。ペネロペがひょっとしたら夫は亡くなったかもしれないと思ったとしても不思議はないだろう。だが、彼女はみごとな方法で求婚者たちを退けた。年老いた義父のために埋葬用の布を織っているから、それが出来上がるまで求婚は受け入れられないと宣言したのである。三年間、彼女は織り続けた。毎晩、前の日に織った布をほどいてしまったから、いつまで経っても完成しなかった。この作戦は彼女の貞節の証しとして語られてきたが、私に言わせれば、ペネロペは先延ばしのヒロインだ。彼女は遅延や狡猾さや欺瞞（自己欺瞞も含めて）が称賛すべきものになり得ることを証明したのである。

⌛

私は毎年インフルエンザの予防接種を受けようと思うのだが、いつも先送りしている。インフルエンザに罹(かか)りたくないのに、なぜ先延ばしするのか？　それは注射が好きではないため、そして、診察室がもっと好きではないためで、これが事態を複雑にしている。インフルエンザの予防接種を受けるのは簡単だが、ずっとそのことを考えている先延ばし人間には、非常に込み入った話になるのだ。ジレンマである。なぜインフルエンザの予防接種を先延ばしするのか？　ひとつは名称の問題だ。注射(ショット)という名称は恐怖を喚起する。だから、避けるべきだ。これは先延ばし人間なら誰でも習得しているスキルのひとつ――ぐずぐずと行動を先送りする能力で、ぐずぐずしているうちに行動を起こさないことを正当化する理由が（たとえ根拠のないものであろうと）見つかる。

このプロセスを「考えすぎ」と称する人もいるが、それは自画自賛というものだろう。まるで、その先延ばし人間が豊かな思考力の持ち主で、アイデアがあふれ出てくるかのような印象を与える。ぐずぐずしているのは、行動しなくてもすむように思考経路を変更しているだけだ。あれこれ考えているうちに、結局、なにもしなくていいような気になってくるものだ。健康管理は一種の先延ばしだと私は自分に言い聞かせている。ごく自然なプロセス――この場合は死――を先送りするのが目的だからだ。その意味では、インフルエンザの予防接種の列に並ぶ人は、真の先延ばし人間と呼べるだろう。

そもそも、治療そのものが逆説的だ。医者は私たちにメスを入れ、薬物を与え、私たちの体に侵攻する、すべて健康という名のもとに。私たちが痛みと暴力を甘受するのは長生きしたいからである。患者になると忍耐力をすり減らす。待合室で何時間も過ごし、検査結果をびくびくしながら待たなければならないだけでなく、治療の対象となることで自分の体に対するコントロールを失うからだ。病院の待合室に座っているときほど自分の体を意識することはないだろう。定期的な健康診断ですら、日常生活のリズムを狂わされる。医者に服を脱ぐように言われたら、私の才能も適性も資産も教育もなんの役にも立たない。病気に力を奪われる前から私たちは無力になる。〝この紙製の検査着の紐はどうやって結べばいいのだろう？　医者の手が体を探り始めたら、どこを見ればいいのだろう？〟

病気もまた先延ばし、一種の暫定的な状態だ。子供の頃、試験を受けたくないばかりに仮病を使ったことのある人なら、病気は日常からの中休みだと知っているはずだ。私は子供の頃、仮病を使うのが下手だった。思い返してみると、そのせいで大人になって先延ばし人間になったのかもしれない。いまだに一連の出来事をストップさせ、人生を支配するスケジュールに挑もうとしているわけだ。子供がわざと咳をしたり喉が痛いふりをしたりするのは、スペリングテストの勉強をしていないからというだけではなく、日常生活から切り離された病気に物珍しさを感じるからだろう。つまり、ふだんの生活から解放されるのがうれしいのである。カウチに寝そべってテレビを見たりビデオゲームをしたりすること自体は特別なことではないが、ホームルーム、授業、自習室といった日々のスケジュールから解放されるのが、このうえなく快適なのだ。子供が病気を美化するのは、スーザン・ソンタグが著書『隠喩としての病い』で発した警告と同じだ。すなわち、病気は人間を興味の対象にする。

結核はかつて想像力の源泉と考えられていたから、治療薬ができたとき、批評家たちは文学におよぼす影響を危惧したという。ソンタグはバイロンが血色の悪さを喜び、肺結核による衰弱死を望んでいたと書いている。「そうなったら、世のご婦人たちはみんな言ってくれるだろう。『まあ、お気の毒なバイロン、なんて興味深い死に方をなさったのでしょう』と」

病気で学校を休んでいる子供は自分が特別な存在だと知っている。当然だろう。病気は——たとえ仮病であっても——人を変身させてくれるからだ。学校を休んで家にいると、教室にいるときにはぜったいになれない存在になれる。みんなが心配してくれる。友達が宿題を家まで届けてくれる。

偉人伝には必ずといっていいほど大怪我や大病に関する記述があり、それが人生を変えた、あるいは、あとから振り返ると、人生を変えるきっかけとなったと記されている。セオドア・ルーズベルトが子供時代にわずらった喘息（ぜんそく）、フランクリン・ルーズベルトのポリオ、ベートーベンの聴覚障害、聖イグナチオが軍人だった頃、パンプローナの戦いで足に受けた砲弾。ビート・ジェネレーションを代表する作家、ジャック・ケルアックは、マサチューセッツ州ローウェルのハイスクール時代はフットボールのフルバックとして活躍した。スポーツに熱中していた彼の目標は、スーパーボウルで優勝するか、ボクシングで世界ヘビー級タイトルを取ることだった。だが、結局はコロンビア大学に入学してフットボールの新入生チームに入団した。ところが、ニュージャージー州にある聖ベネディクト・プレップスクールと対戦した最初の試合で、パントリターンしようとして足を負傷した。コーチはケルアックの怪我を軽く見て、「サボるための仮病」だと非難した。若き日のケルアックがロッカールームでパイプを吹かしながら、チームメイトにいくら頑張ってもエネルギーの無駄だと諭しているところが目に浮かぶようだ。「スクリメージがどうした」と、彼は小説『コーディの見るもの（*Visions of Cody*）』の中で、分身とも言える主人公のジャック・ドゥローズに語らせている。「俺はここに座ってベートーベンを研究して、崇高な言葉を書くんだ」

怪我から回復したあとも、（予想はつくだろうが）コーチとたびたび衝突した。シーズン二期目の途中かそのあとで、ケルアックはチームも大学もやめることに決めた。それが一生続く彼の途中放棄の始まりだった。ケルアックは大学を二度中退し、一九四二年に海軍に入隊したときも基礎訓練過程を終えられず、商船の船員は三ヵ月でやめた。船乗り、スポーツライター、ウエイターなどさまざまな仕事についたが、いずれも長続きしなかった。海軍に応募したとき、彼は職歴が「乏しい」のは、「大半の時間を勉学に費やしていた」からだと説明した。その海軍からも一九四三年に「不適任」として解雇された。ケルアックに代表されるビート・ジェネレーションのライフスタイルは、長期にわたる先延ばしと考えることもできるだろう。

先延ばし人間には二つのタイプがある。始めたことをやり遂げられないタイプ（ケルアック）と、取りかかることのできないタイプ（土壇場になって落水荘の設計図を完成させたというライト）。ライトは落水荘の成功によりキャリアを復活させた。それ以前は過去の人と見なされていたが、再びアメリカ建築界の巨匠に返り咲いたのである。また大きな仕事が舞い込むようになった。一九四三年には、ソロモン・グッゲンハイムからニューヨーク市に建設する新しい美術館の設計を依頼された。美術館が完成したのは一六年後だが、これはライトの先延ばし癖というより、第二次世界大戦で中断されたうえ、ニューヨーク市当局から建築許可がなかなか下りなかったからだ。

ライトはグッゲンハイム美術館の完成を見届けることができなかった。開館の数ヵ月前に腸閉塞の緊急手術を受け、合併症を起こして死亡した。医師団のひとりは報道陣に「順調に回復していたが、突然亡くなった」と説明した。九一歳だった。

グッゲンハイム美術館の展示スペースは螺旋（らせん）状の傾斜路の壁面で、六階建ての建物の壁面は三分の一マイルも続き、天窓のある吹き抜けを螺旋状に取り囲んでいる。ライトにとって螺旋は向上心と超越の象徴だった。その一方で、グッゲンハイム美術館の傾斜路は別の方向にも続いている。徐々に下に向かって縮小しているのだ。どちらに向かうにしても迂回している。オデュッセウスがたどった帰路のように（あるいは、排水溝に流れ込む水のように）。同様に、先延ばし人間がたどる道は決して一直線ではない。ひとつのことをやめて別のことに移り、そしてまた何度も戻ってくる。だから、少しずつしか進めない。それでも、先延ばし人間は知識は求めずして得られ、欲望は求めずして充足されると信じている。

8章 今はまだいい

貞節と自制心を我に与えたまえ、だが、今はまだいい。

――ヒッポのアウグスティヌス
『告白』より

チャールズ・ダーウィンのダウン・ハウスのそばをケント州の角をそぐようなかっこうで続いている道路は、ローマ帝国がブリテン島を征服したときに建設されたという。一八四〇年代にダーウィンがケント州に移住した当時でも、狭すぎると評判が悪かった。一頭立ての馬車がかろうじて通れるくらいだった。現在もさほど広くなっていない。ダウン・ハウスに行く途中、私はふと思いついて、ロンドンから乗ってきた配車アプリ「ウーバー」のブルガリア人ドライバー、ドメートリに半マイルほど離れたところでおろしてもらって、田舎道を歩くことにした。毎朝、このあたりの景色を眺めながら散策したというダーウィンをまねてみたかったのだ。

信じられないほど美しい光景だった。十一月半ばだというのに、牧場は青々と輝いていた。道路際には可愛らしいコテージや石垣が続いている。詩人キーツが詠(うた)ったとおり、霧が漂う豊かな実りの季節だ。ところが、狭い道路のとりわけ急なカーブにさしかかったとき、後ろからランドローバーが猛スピードで近づいてきて、私は石垣に叩きつけられそうになった。私はこれもダーウィンが唱えた適者生存の一例だと思うことにした。希少資源（狭い道路のスペース）をめぐる自然界の競争では、常に最適者（ランドローバー）がそうでない者（私）に勝つ。

ダーウィンの影響力は、ヒースロー空港で飛行機をおりて、コーヒーを買ったときにつり銭として渡された一〇ポンド紙幣を見たときから実感した。紙幣の裏側に——表はエリザベス女王——この偉人が描かれていた。隅のほうにはダーウィンの拡大鏡。もっぱら小さな生物を観察して、偉大な思想を導き出したダーウィンにふさわしいデザイン（二〇一七年九月刊からジェーン・オースティンの肖像に変更）である。

一八三六年にビーグル号の航海から帰国して以来、ダーウィンは一度も仕事につかなかった。二度とイギリスを離れることもなかった。ほとんどいつも家にいて、執筆し、憂慮し、散歩する生活を続けた。家は彼にとって野外観測所であり、実験室であり、図書館だった

（彼がこの土地を選んだ決め手となったのは、土壌組成と生物地理学的多様性だった。ダーウィンが不動産業者と交渉しているところが目に浮かぶようだ。〝三寝室の家でかまわないが、なによりほしいのは炭酸カルシウムを含んだ土だ〟）。

ダウン・ハウスに腰を据えると、ダーウィンは船底に貼りついたフジツボのように動かなかった。そして、彼なりに仕事に取りかかった。蘭と桜草を育てた。食虫植物を栽培して、なにを食べるか調べるために切った爪を与えたりした。幅二フィート、長さ三フィートの空き地をつくって、風に運ばれた雑草の種子のうち、どれが根づき、どれが根づかないか調べた。フジツボの解剖もした。

フジツボの研究は八年続けた。学究生活の頂点にあった八年である。これにはさすがのダーウィンもうんざりしたようだ。小さなものを扱うのに飽きたのだろう。「私ほどフジツボが嫌いな人間はいない」と友人にこぼしている。熱中するあまり長い歳月をかけすぎたことに気づいたのだろう。フジツボに没頭していた八年のうちに、博物学者アルフレッド・ウォレスが、ダーウィンが長年温めてきた進化の考え方を思いついて、ダーウィンの先取権を脅かしたのである。その意味では、フジツボのせいで偉大な科学者という地位を確立し損なうところだった。そうなっていたら、一〇ポンド札の裏に描かれることもなかっただろう。

ウォレスの論文を知ったあと、ダーウィンは進化論を早く発表するようにと長年警告していた友人への手紙にこう書いている。「あなたの忠告がとんでもない形で現実となりました」

だが、その一方で、フジツボから学んだことも多かった。フジツボには実にさまざまな種類がある。脚のない種、雌雄同体の種、肛門のない種等々。こうした小さな差異が自然選択説の基礎を築いた。フジツボの解剖を始めた当初書く予定だった論文は、最終的には四巻となった。そして、この業績に対して一八五三年に王立協会から自然科学のロイヤルメダルを授与され、当時の科学界で揺るぎない地位を確立した。おそらく、この栄誉がダーウィンにようやく『種の起源』の執筆に取りかかる勇気と自信を与えたのだろう。

⌛

ダウン・ハウスの主任庭師ローワン・ブレイクは、敷地内に住み込んで、ダーウィンが愛した木々や生垣や芝生の手入れをしている。ローワンから暮らしぶりを聞いたとき、なんと優雅な生活だろうと思ったが、かがむ作業の多い重労働は考慮に入れていなかった。庭は世話しなくていい立場にいるときにいちばん美しく見えるものなのだろう。

ダーウィンの庭はどこを歩いても、あの偉大な博物学者が同じ場所を歩き、同じ風景を目にしていたことを意識せずにいられなかった。ダーウィンにとって庭は自然界の図書館であり、答えを探しに行くところだった。ダーウィンの庭を歩いていて、ふと気がつくと、私は背中で手を組んで——めったにこんな体勢はとらないのだが——深遠な物思いにふけっているかのようにうつむいていた。深遠な物思いにふけりながら散策しているヴィクトリア朝の紳士科学者を無意識のうちにまねていたのだろうが、実際にはヴィクトリア朝の紳士科学者を知っているわけではないし、それ以上に深遠な物思いとは無縁だ。

「問題にぶつかるとダーウィンはいつも庭を歩いた」と、ローワンは敷地を案内しながら教えてくれた。ダーウィンが生涯に歩いた距離を考えれば、彼の人生そのものが大きな問題だったのかもしれない。庭を一〇周しても苦境を脱することができなかったら、解決は無理かもしれないと諦めた。ローワンによると、ダーウィンは晩年歩けなくなってからも、車椅子で庭をめぐったという。たとえ歩けなくても、日課の散歩を欠かすことなど考えられなかったにちがいない。

ダーウィンはいつも時計回りに庭を歩いていたので、ローワンと私も時計回りに歩いた。ローワンはダーウィンが植えた木々を教え、ケントダウンズの向こうに見えるサリーヒルズの景色を見せてくれた。遠くにそびえる山々の上に黒い雲がかかり、低地に陰と日向のパッチワークをつくっている。ダウン・ハウスからは、イングランドとウェールズを縦横に交差する公共権利通路のひとつに出られる。そこを歩いてケント州を横断したら、さぞ楽しいだろう。いや、こういう小道をたどってイングランドをくまなく歩いてみたい。

そんな夢想にふけっていると雨が降ってきた。どしゃぶりだ。霧が漂う豊かな実りの季節どころか、滝のような豪雨だった。ローワンがダーウィンの温室で雨宿りしようと言ってくれた。植物学史に残る温室をバスの待合所代わりにするとは、なんと光栄なことだろう。蘭に囲まれて雨が上がるのを待つ間、ローワンはダーウィンのことを話してくれた。雨が温室のガラスに打ちつける。ふと、ダーウィンもこんな雨の日に温室で時間を潰しながら、同じ雨音を聞いただろうかと思った。たぶん、それはないだろう。ローワンによると、ダーウィンは一日を十五分単位で区切っていたそうだ。だからこそ、あれだけ多くの著作を残せたのだろう。先延ばし人間だったとしても、ダーウィンはきわめて規則正しい生活を送っていたのである。

⌛

先延ばし賛成論を唱えることはできるだろうか？　先延ばしを擁護するのは、新聞の科学欄や健康欄で取りあげられるような常識に反した習慣、たとえば、赤身の肉を食べるとか、ワインを飲むとか、かつては体に悪いとされてきたことが、実は健康を増進すると主張するようなものだろう。

古代ギリシャでは、訴訟事件で被告の嫌疑を晴らすために用意された演説をアポロギアと呼んでいた。英語のアポロジーは意味が反対になっている。今日ではアポロジャイズは非を認めること、つまり、有罪を認めることだ。私はこの本をアポロジーであり、かつ、アポロギアだと思っている。自白であり、反論というわけだ。自分を擁護し、先延ばしを正当化したいが、同時に有罪を認めている。

私が住むアパートメントの正面玄関のドアノブはしばらく前からぐらぐらしていた。強く引っ張ったらはずれてしまいそうだ。私も家族もそれがわかっていたから、強く引かないようにしていた。ドアノブをそっと大事に扱っていれば、特に気にならなかった。これまではそれでよかった。

ところが、「あのドアノブを修理しよう」と誰かが言い出した。

今さらではあるが、私もずっと自分にそう言い聞かせていた。あのドアノブの修理は私のやることリストにずっと載っていた。そのリストを眺めては、あのドアノブを修理しなくてはと思っていた。だが、行動を起こさなかった。

先延ばしした場合、最悪の結果どうなる？　ノブがはずれて、外に出られなくなるかもしれない。錠前屋を呼ばないかぎりどうしようもない。そんなことになったら厄介だ。それでも、行動は起こさなかった。そこまで差し迫った事態と思えなかったのだ。あのドアノブはかなり前からぐらぐらしているが、これまでなんとかなったのだ。急ぐ必要はない。

同様に、急いでスケジュールを調整して歯科医の予約を取ったり、車両登録を更新したりしなくてもいいし、キッチンの時計を標準時から夏時間に切り替えなくてもいい。いや、夏時間から標準時に切り替えるのだったか？　私はいつもどちらだったかわからなくなる。しかも、気がつくのは切り替わって数週間経ってからだ。気づいてからは家中の時計の文字盤に表示された時間に頭の中で一時間足すことにしている。いや、引くのだったか？

先延ばし癖に悩むのは、私の中のもうひとりの私がしなければならないと信じていることをしていないからだ。リヒテンベルクもそうだっただろうし、レオナルド・ダ・ヴィンチをはじめとする偉大な先延ばし人間も同じ悩みを抱えていたにちがいない。ダ・ヴィンチは亡くなる間際に自責の念に駆られて、「なにもかもやり残した！」と言ったそうだ。この逸話は、やるべきことをやっておかないといずれ後悔する、という警告だ。

偉大な先延ばし人間たちから学んだことがあるとすれば、それは私たちが実行したいと願うほとんどのことがきわめて難しいという事実だ。外国語をマスターする。怖れてきたプロジェクトに取りかかる。つきあいたい女性に話しかける。どれも考えただけで不安でいっぱいになる。失敗するのではないか、苦労するに決まっている、恥をかくのではないか。さらには、それほど難しくないことでも、先延ばしの誘惑に負けていると、難しく、やりがいのある、したがって興味深いことに思えてくる。これも先延ばし人間が目前の仕事に取りかかるより、クローゼットを整理したり、スポティファイのプレイリストのファイル名を変えたり、フジツボ研究をさらに一〇年続けるほうがよさそうだと思う理由だろう。

科学者たちは私たちが世界に及ぼしている被害を早急に食い止めないと、世界は私たちももろとも滅びると警告している。だが、大半の人は抽象的な未来より具体的な現在に関心があるようだ。罪の報いを受けることを先延ばしする。悔い改めよ、生き方を変えよ。手遅れになる前に。さもないと、後悔するだろう。

しかし、まったく後悔のない人生など望めるだろうか？

もちろん、私は後悔するだろう。後悔の連続にちがいない。もちろん、いろいろなことをやり残すだろう。それは間違いない。だが、理性的で計画性があれば、一〇〇パーセント満足して死ねるのだろうか？　私は完璧をめざすつもりはないし、非の打ちどころのない生活を送ろうとも思っていない。言い逃れもするが、筋を通すところは通す。後悔もするが、達成感も味わう。

人間だから。私の欠点は、実は私のいちばんいいところなのだ。

⌛

チャールズ・ダーウィンは一八八二年に亡くなるまでに約二五冊の本を書いた。最後に書いたのはミミズの本だった。ダーウィンはほかの重要な仕事――思想史を書き換える画期的な仕事をしていないときは、もっぱらミミズを研究していた。ビーグル号で帰国して以来、半世紀ほど研究し続けていた。ミミズは研究テーマとしては地味かもしれない。だが、ダーウィンはミミズが世界に及ぼす驚くほど大きな影響力をよく知っていた。土壌を改良し、再生し、さらには考古学的建造物を維持するミミズの能力を高く評価していた。「私たちは（ミミズに）感謝しなくてはならない」と彼は友人に宛てた手紙に書いている。小さな仕事をこつこつ積み上げて大きな成果を導くダーウィンにとって、ミミズは彼らしい研究テーマだった。ダーウィンのミミズの研究には何年もかかるものもあった。ミミズが動かす土の量を調べるために、裏庭に石を置いて、石が地面から沈んでいくのを何年もかけて観測した。ストーンヘンジまで出かけたのは――ダーウィンは旅行嫌いなのに――この巨石遺跡の石柱がミミズの活動によってどれだけ沈んだか調べるためだった。ミミズ研究に家族も巻き込んで、子供たちにファゴットやピアノを演奏させたり、口笛を吹いて騒がせたりして、ミミズが音楽にどんな反応を示すか調べた（ミミズは彼の息子が吹くファゴットには反応しなかったが、鉢に入れてピアノの上に置いておくと、振動にきわめて敏感に反応した）。ミミズの研究に関するダーウィンの手紙を読むと、こんな暮らしぶり――子供たちに囲まれ、卓上実験に没頭し、庭を散策する生活に満足していたのがよくわかる。後世に名を残す画期的な業績は、彼にとってはさほど大きな関心事ではなかったのかもしれない。最後に書いたミミズの本『ミミズと土』（渡辺 弘之 訳、平凡社、一九九四年刊）は、売れ行きがよく、数週間のうちに版を重ねた。

ダーウィンは敬愛したミミズのように息の長い仕事をした。他人が気づかないことに着目し――フジツボやミミズの特性など――気づいたことを正しく理解した。地道な観察を積み上げて、大きなものにたどりついた。ダーウィンといえば偉大な思想を連想するが、こうした観察がなかったら偉大な思想は生まれなかっただろう。最期が近づいたとき、ダーウィンは旧友に村の教会墓地の永眠の地が目に浮かぶと語っている。「地上でいちばん愛おしい場所だ」。きっとミミズと眠っているだろう。

ダウン・ハウスとローワン・ブレイクに別れを告げた。ロンドンに戻らなければならない。ブルガリア人ドライバー、ドメートリが、半マイルほど離れたダウン村で待っている。渋滞に巻き込まれなかったら、ロンドンのホテルから約束した時間に編集者に電話をかけて、知らせると言って一ヵ月ほど遅れている本の概要を伝えることができるだろう。

だが、村に向かう途中で公共権利通路の入口に差しかかった。道路はおとぎ話に出てくるような牧場を通って、楓や柊の林につながっている。遠くにコテージや石垣に囲まれた庭が見える。行ってみたら楽しそうだ。ちょっと冒険して、あの道がどこに通じているか確かめるのも悪くない。さきほどの豪雨はすっかり上がって、秋の太陽がオークの木々の間から木漏れ日を投げかけ、塵が黄金色に輝いているのを眺めていると、ワーズワース的な気分になってきた。こんなチャンスはもう二度とない。この田舎道を歩いたら、ダーウィンのようにインスピレーションが湧くかもしれない。絵のように美しい村にしゃれたパブがあるかもしれない。この一帯の地図を調べたとき、近くの町の名に心を惹かれた。ビギン・ヒルズ。バジャーズ・マウント、プラッツ・ボトム。偶然だろうか、それとも、ケント州の町はどこもこんなわくわくするような名前なのだろうか?

ケント州のロマンチックな田舎道を歩くチャンスを逃すのはもったいない。締め切りがあってもなくても。私は公共権利通路をたどり始めた。だが、しばらく歩くと、編集者にかける電話や、私を待っているドメートリのことが気になった。二人をすっぽかすわけにはいかない。それで、決心を翻して、ダウン村に戻ることにした。

一〇〇ヤードほど進むと、また心が揺れた。実業界のつまらない要求に屈して、一生記憶に残る体験をしないのは、つまり、ダーウィンが一生記憶にとどめたであろう絵のように美しい道を進まないのは、残念至極だ。しなければならないことをしない理由を思いつくのは人間に与えられた偉大な能力だと、偉大な先延ばし人間たちから学んだではないか。言い逃れ、ちょっとした気の迷い、自己欺瞞も、みんな人生に潤いをもたらす。義務感や自制心に翻弄されていると感じずにすむ。そう考えて、また踵(きびす)を返して、正しい道に戻った。

だが、結局のところ、義務はあっさり捨てられるものではない。みごとな景色を眺めながら歩いていても、罪悪感にさいなまれた。今私がしなければならないのは、ロンドンに戻って仕事をすることだ。大人になれ、職業人に徹しろ。

私は立ち止まって冷静に考えた。ロンドンに戻って仕事をするか、この公共権利通路を探検するか。探検を選べば、仕事を先延ばしすることになる。逆に、ロンドンに戻れば、探検を先延ばしすることになる。どちらを選んでも、なにかを先延ばししなければならない。

考えれば考えるほど追いつめられて、自分の考えていることの正当性が信じられなくなった。この時点でなにが義務で、なにが言い逃れなのか、どうしたいのか決められなかった。先延ばしする決心がつかないだけでなく、どちらを選べば先延ばしすることになるのかわからなくなった。唯一ぜったいしたくないと思ったのは、今自分がしていること、つまり、行きつ戻りつして、結局、どこにもたどりつけないことだった。

そのとき、ブルガリア人ドライバーのドメートリが近づいてきた。村に行く途中で私を見かけたのだ。クラクションを鳴らし、車を路肩に寄せ、窓を開けた。私は駆け寄った。

ふと、その日の朝、考えついたことを思い出した。それはこういうことだ。どこかの公的国際組織――候補としてはユネスコ――が、世界先延ばし遺産リストを作成してはどうだろう。なにか重要なことが起こらなかった、少なくともすぐには起こらなかった場所を登録するのである。チャールズ・ダーウィンのダウン・ハウスは必ずリストに入る。『ハムレット』の舞台となった城があるデンマークのヘルシンゲルもはずせない。世界先延ばし遺産は、するべきこと以外のことがしたい先延ばし人間の巡礼地となるだろう。道を曲がったところになにが待っているか知りたいから旅に出るように、先延ばし人間はするべきことよりいいこと――それがなんだかわからないとしても――があると思って、巡礼の旅に出る。ほかにするべきことがあるかもしれない、もっとやりがいのあることがあるかもしれないと思うと、具体的になにかわからなくても、心が弾む。わからないからこそ、心が躍るのかもしれない。どんなときにも両極端で生きる、つまり、せっせと働くか、のらくらするか、先延ばし人間になるか、てきぱき屋になるかを選べるのは、まるで夢のようではないか。

「ロンドンに戻りますか？」開いた窓からドメートリが訊いた。

ごく簡単な質問だった。だが、私はかなり長い間突っ立ったまま沈黙を続けてから、ようやく返事をした。

訳者あとがき

先延ばしとは、するべき行動を遅らせることで事態が悪くなると予想される場合ですら、合理的理由無く意図して遅らせる態度、振る舞いのことである。英訳のProcrastinationからPCN症候群と呼ばれる場合もある。

Wikipediaより

本書のテーマは先延ばしです。

原題は*Soon : Overdue History of Procrastination,from Leonardo and Darwin to You and Me*、これを直訳すると『今すぐにではなく：遅まきながらの先延ばしの歴史、レオナルド・ダ・ヴィンチやダーウィンからあなたや私まで』

今日やったほうがいいと頭ではわかっていても、別に今日でなくてもいいのだからと自分に言い訳して明日以降に持ち越した経験は、ほとんどの人が持っているでしょう。著者によると、「先延ばしとはわずらわしい行動を回避しようとする試みであり、遅れたら困るとわかっていながら行なう後回し」だそうです。困るとわかっているなら、困らないようにすればいいのでしょうけれど。

先延ばしを克服するための自己啓発書は世の中にたくさんあります。でも、この本は先延ばしの弊害を解き、先延ばしの誘惑に打ち克つための指南書ではありません。著者の目的は、先延ばしを正当化し弁護すること。そのために、歴史を繙いて、優れた先人たちの人生をたどり、彼らが先延ばしせざるを得なかった事情を探っていこうというのです。

そんなことを知ってなんになるかなどと思わないでください。その「偉大な先延ばし人間」がレオナルド・ダ・ヴィンチだったら？　チャールズ・ダーウィンだったらどうでしょう？　建築家のフランク・ロイド・ライトだったら？　興味が湧いてきましたか？　その気になって探せば、先延ばし癖のあった天才は歴史上いくらでも見つけられると著者は言っています。

著者は綿密なリサーチを重ね、博識ぶりを発揮して、歴史上の興味深い裏話を数多く紹介しています。先延ばし傾向があってなくても、楽しめる内容になっています。

本書を読んで、「先延ばしする人ほどうまくいく」と確信されましたか。天才でないかぎり、先延ばしはほどほどにしておこうと思われたでしょうか。著者は最後に、先延ばしするか、てきぱきやるか、選択の余地があるのはいいことだと書いていますが、両極端に走らないところが凡人だと言いたかったのかもしれません。

著者アンドリュー・サンテラは、シカゴ出身のライターおよび編集者で、現在はニューヨークのブルックリン在住。『GQ』、『スレート』といった雑誌や『ニューヨーク・タイムズ』に寄稿するかたわら、主としてアメリカの歴史や政治に関するノンフィクションを多数発表しています。

いくつか例を挙げると、

The Assassination of Robert F. Kennedy（ロバート・ケネディの暗殺）一九九八年刊
Impeachment（大統領の弾劾）二〇〇一年刊
U.S.Presidential Inaugurations（アメリカ歴代大統領の就任演説）二〇〇二年刊
Daniel Boone and the Cumberland Gap（西部開拓者のダニエル・ブーンとカンバーラ

ンドの山道）二〇〇七年刊

September 11, 2001（二〇〇〇年九月一一日）二〇〇七年刊

こうした政治、歴史のほか野球についての著書（いずれも未訳）もあります。

「先延ばし人間」を自任している著者ですが、著作の多さから察するに、これは著者一流のジョークかもしれませんね。今度も「せっせと先延ばししながら」、ユニークな作品を書いてくれることを期待しましょう。

矢沢聖子

二〇一八年八月

◆著者　アンドリュー・サンテラ　Andrew Santella
ジャーナリスト。GQ誌やニューヨークタイムズ紙などに寄稿するほか、マーティン・ルーサー・キング、ロバート・ケネディ、クリントン大統領についてなど、政治、歴史を中心とした多数の著作（いずれも未訳）がある。シカゴのロヨラ大学卒。現在はブルックリン在住。いまこの瞬間にも、彼はなにか大事なことを先延ばししているかもしれない。

◆訳者　矢沢聖子　（やざわ・せいこ）
英米文学翻訳家。津田塾大学卒業。主な訳書に、エミリー・ボイト『絶滅危惧種ビジネス』、トラヴィス・マクデード『古書泥棒という職業の男たち』（いずれも原書房）、リンゼイ・デイヴィス『密偵ファルコ』シリーズ（光文社）、アガサ・クリスティー『スタイルズ荘の怪事件』（早川書房）ほか多数。

「先延ばし」する人ほどうまくいく
「大事なことほど後回し」の隠れた効用

●

2018年9月19日　第1刷

著者……………………アンドリュー・サンテラ
訳者……………………矢沢聖子
装幀……………………永井亜矢子（陽々舎）
カバー写真……………iStockphoto
発行者…………………成瀬雅人
発行所…………………株式会社原書房
〒160-0022 東京都新宿区新宿 1-25-13
電話・代表　03(3354)0685
http://www.harashobo.co.jp/
振替・00150-6-151594
印刷・製本……………図書印刷株式会社

ISBN 978-4-562-05599-9 Printed in Japan